KB128714

내 하루는 괜찮냐고 그림이 물었다

일상으로의 초대전

일상으로의 초대전

내 하루는 괜찮냐고 그림이 물었다

초 판 1쇄 2024년 03월 26일

지은이 장광현
펴낸이 류종렬

펴낸곳 미다스북스
본부장 임종익
편집장 이다경
책임진행 김가영, 윤가희, 이예나, 안채원, 김요섭, 임인영, 권유정

등록 2001년 3월 21일 제2001-000040호
주소 서울시 마포구 양화로 133 서교타워 711호
전화 02) 322-7802~3
팩스 02) 6007-1845
블로그 http://blog.naver.com/midasbooks
전자주소 midasbooks@hanmail.net
페이스북 https://www.facebook.com/midasbooks425
인스타그램 https://www.instagram/midasbooks

© 장광현, 미다스북스 2024, *Printed in Korea*.

ISBN 979-11-6910-569-9 03810

값 18,000원

🔺 **미다스북스**는 다음세대에게 필요한 지혜와 교양을 생각합니다.

내 하루는 괜찮냐고 그림이 물었다

일상으로의
초대전

장광현 지음

미다스북스

Contents

Section 1.
일상 속 인상주의

Contents

Section 3.
육아라는 리얼리즘

: 제 일상으로 초대합니다

　모두가 말하기 바쁜 텍스트 홍수의 시대라 그런지, 선뜻 책에 손이 가질 않습니다. 바쁘고 피곤하기에, 마음의 여유가 없어 남의 생각엔 관심 두기 어렵습니다. 하지만 짧고 자극적이며 놀랄만한 이야기는 중독처럼 소비하며 사는 우리는, 사실 늘 어딘가 아픕니다.

　그렇기에 묻고 싶었습니다. 삶이란 것이 어찌 늘 그리 특별하기만 하던가요. 고단했던 하루에 또 다른 하루를 덧씌워 슬픔과 기쁨의 평균값을 맞춰 가는 일이 살아가는 일 아닌가요?

흔한 이웃인 저는 제 일상을 통해 그 질문에 답하고 싶었습니다. 소소한 드로잉으로 생각을 덧칠해 제 이야기가 더욱 친근하게 와닿길 바랐습니다.

비혼주의자가 늦은 나이에 결혼하고 육아를 했습니다. 그리고 작업만 하겠다고 큰소리치던 사람이 미술을 가르치며 아이들과 함께 성장했습니다. 당연하게도 그런 사람의 일상은 바보 같았겠지요.

이 책은 지난날을 돌이켜보니 잦은 실수로 인해 후회가 많던 사람이 쓴 글입니다. 이제야 겨우 산다는 것이 무엇인지 조금 알 만한 나이가 된 저는, 제 그림 밖에 서 있는 사람들에게 용기를 내 말을 건네보려 합니다.

"그럼에도 불구하고 당신과 나는 의외로 공통점이 많지 않은가요? 저는 미술을 교육하는 사람입니다. 제 일상으로의 초대전에 와 주시겠습니까?"

지난 이 년간 잠 못 이루는 밤에 글을 쓰고 그림을 그렸습니다. 글을 쓰며 제 안에서 다시 빛을 발견하고 앞으로 나아갈 수 있었습니다. 오랜 시간 변함없는 신뢰를 보여 준 친구들과 도예 선생님, 사랑하는 내 가족 그리고 늘 응원해 준 글벗들에게 감사하다는 말 전합니다.

2024년 3월 장광현

Section 1.

일상 속 인상주의

1. 에셔의 계단

날이 궂은 휴일에는 아파트 계단을 걷는다. 아이들이 낮잠을 자는 동안 선택할 수 있는 최고의 유산소 운동이라 종종 하는 편인데 제법 운동 효과가 크다. 골전도 이어폰에서 흘러나오는 라디오 DJ의 실없는 잡담에 웃음을 짓다 보면 어느새 등줄기가 축축해지는 것이 느껴진다. 집으로 돌아가 샤워까지 마치면 성실하게 하루를 보내고 있다는 생각이 들어 자못 기분이 괜찮다.

지난 4년간 체중이 복리의 마법을 부렸는지 놀랄 정도로 늘어났다. 육아로 인해 늘 다니던 헬스장을 못 가게 되니 근육량이 감소하고 기초대사량도 같이 떨어졌는데, 먹는 것은 그대로라 당연한 결과다. 은근한 자부심이었던 관리된 몸매가 이제는 자연의 미를 눈에 띄게 담아내 요즘 주변인들의 안부 인사에 꼭 포함되곤 한다. 자연에는 직선이 없어 둥글한 매력도 좋으련만 내 친지들은 아직 변화를 받아들일 준비가 안 되어 있나 보다.

에셔(Escher, 1898~1972)라는 네덜란드 출신의 초현실주의 작가가 있다. 그는 반복과 순환에 대한 불가능한 상상을 판화로 그려 서양미술사의 거장 중 한 명이 되었다. 나는 그의 작품 중 〈상대성(1953)〉이란 작품을 좋아한다. 그림을 보면 뫼비우스의 띠 같은 계단을 오르내리는 사람들의 모습에서 알레고리를 읽을 수 있다. 막대기같이 개성 없는 형체들이 알 수 없는 공간에서 저마다의 일에 열중하고 있으나 표정 없는 얼굴에선 불안이 감지된다. 계단 밖 출구에선 평온한 일상이 이뤄지고 있지만, 어찌 된 일인지 그 안의 우리는 나가는 방향을 찾기 어렵다.

오래된 아파트의 좁은 계단을 오르내리는 나는 건물의 전

체를 볼 수 없다. 다를 것 없는 계단을 반복해 걸으며 알 수 있는 건 숫자를 통한 현 위치의 확인뿐. 층이라는 추상적인 개념보다 창밖으로 보이는 이웃 아파트의 높이를 통해 나의 위치를 가늠해 본다.

나는 오랫동안 비슷한 이유로 잦은 실패를 반복해 왔고 한 줌도 안 되는 성취에 안주했었다. 잡은 건 놓치지 않으려 꽉 쥐고 살았지만, 손을 펴보니 아무것도 아닌 게 더 많았다. 그랬었다.

빠른 걸음으로 17층까지 올라가고 다시 오르기 위해 내려간다. 어느새 이마에는 땀이 배어 나온다.

간혹 계단에서 마주치는 주민에게
이상한 사람처럼 안 보이려는 노력이 필요하다.

일상으로의 초대전

2. 번거로움을 사랑하라

와이프가 연차를 낸 처형과 함께 바람 좀 쐬겠다며 나에게 짧은 휴가를 신청했다. 첫째는 어린이집에 가고 둘째 정도야 나 혼자서도 너끈하니 나가는 마음이 불편하지 않도록 흔쾌히 보내주었다.

햇살이 좋아 아이가 오전 잠을 자는 동안 베란다에 빨래를 널었다. 몇 년 전 성능 좋은 신형 건조기를 가진 친구들이 그 편리함을 전파하려 애쓴 적이 있었다. 하지만 놓을 공간도 부족하고, 빨래를 너는 행위 자체를 좋아하는 나는 유혹을 흘려들었다. 물론 쓰게 된다면 나 역시 그들처럼 애용할 테지만 아직은 그런 편리함을 모르고 싶다. 특히나 이렇게 해가 거실까지 길게 들어오는 날에는 모르는 게 약이다.

홀로 앉아 까르륵대는 둘째를 지켜보며 핸드드립으로 커피를 내린다. 시선은 아이에게 고정한 채 빵처럼 부푼 커피의 거품이 향을 충분히 뿜어낼 수 있도록 가만히 기다린다. 커피를 한잔 마시려면 신경 쓸 게 많지만, '그래 봤자 커피 한잔'이 아닌 제대로 된 커피 한잔을 마시기 위해 번거로움을 기꺼이 감수한다. 요새는 사용하기 편리한 에스프레소 머신을 곳곳에서 볼 수 있는데 내가 일하는 교무실에도 머신이 있다. 캡슐로 내리는 커피의 맛과 편리함에 반응들이 좋아 반나절만 지나도 쓰레기통엔 빈 캡슐이 수북이 쌓인다.

생각해 보니 나는 이십 대의 끝자락부터 자취방과 작업실에서 커피를 직접 내려 마셨다. 처음엔 그 멋스러움에 반해 시작했던 것이 이제는 내 일상의 한 부분이 되었다. 원두의 향과 바디감이 좋아 케냐 AA와 예가체프를 즐겨 마시지만, 하우스 블렌딩 커피도 종종 마신다. 커피는 그 각각의 개성들이 뚜렷해 기분에 따라 즐기기 나름이니 어찌 됐든 나는

일상으로의 초대전

이 행위를 사랑한다.

원두를 분쇄기로 갈아 낸 후 드리퍼에 넣기 전에 커피 여과지를 살짝 적셔준다. 여과지의 잡향이 날아가서 커피 맛에 방해가 되지 않기에 몰랐던 분들에겐 조용히 추천하곤 한다. 주둥이가 가늘고 긴 드립 포트로 분쇄된 커피 가루에 물을 부어야 하는데, 그 방식에 대해서 다양한 이야기들이 있다. 한 번은 스페셜 티의 달인에게 프리스타일로 수상을 한 적이 있다는 이야길 듣고 나니 경험자는 그냥 자기 감각에 맡기는 것이 최고라는 생각도 든다.

터질 듯이 부풀어 오른 커피는 물기를 가득 머금으며 탄산가스를 내뿜는다. 이때의 향기는 은은하지만 온 집안을 휘돌 정도로 분명한 존재감이 있다. 수줍은 향기가 방을 한 번 구경하고 나올 시간이 되면 안에서 바깥으로 회전하며 반복적으로 물을 부어준다. 좁은 구멍을 빠져나오며 바닥을 두드리는 물방울들의 소리에 집중하다 보면, 어느새 서버의 입구까지 악마의 유혹 같은 진갈색의 커피가 넘실거린다. 덧붙여 커피의 거품이 드리퍼의 바닥에 안 닿도록 부지런히 물을 내려 주다 보면 불편한 쓴맛은 섞이지 않게 된다. 그러고 나면 남은 것은 커피에 따라 느껴지는 신맛, 단맛, 쌉쌀한 맛의 코스를 즐기는 일 하나뿐이다.

핸드드립 커피가 더 맛있는가? 요즘의 분위기를 보면 아니라고 대답하는 사람이 더 많을 것 같다. 하지만 어떤 것이 더 커피를 사랑하게 만드냐고 내게 묻는다면 머신은 핸드드립을 영원히 따라갈 수 없을 것이라고 대답할 수 있다. 모두가 바빠서 편리함이 넘치는 세상이기에 얼마 안 남은 번거로운 일들이 오히려 더 소중하지 않겠는가.

그것만이 내 세상.

3. 누구네 집 누렁이

설거지하다 불현듯 어떤 사실을 깨닫고는 바삐 움직이던 손을 멈췄다. 스펀지를 떨어뜨릴 정도는 아니었지만, 충격이 작지 않은 나는 고개를 돌려 의혹의 대상인 와이프를 눈으로 좇는다.

언제부터인지 정확히는 모르겠지만 먹다 남은 음식이 죄다 내 앞에 놓여 있었다. 난 또 그걸 아무 생각 없이 먹어 치우고는 음식을 남기지 않은 알뜰함에 뿌듯함까지 느끼고 있었다.

유통기한이 지난 유제품은 어떠한가. 며칠이 지났건 말건 와이프는 내가 먹고 치울 것이라는 믿음이 있는 건지 늘 냉장고에 그대로 둔다.(물론 내가 다 먹기는 한다.)

의심이 쌓일 대로 쌓인 나는 확인을 위해 조심스레 와이프에게 질문을 던진다. 유통기한이 지난 우유를 왜 그대로 두는지 물어보자, 와이프는 오빠 먹으라고 뒀다는 천연덕스러운 대답을 한다.

'아, 내가 우리 집 누렁이였구나.'

이제야 모든 것을 눈치챈 나는 참을 수 없는 심정에 상처입은 맹수처럼 낮고 위협적인 음성으로 으르렁댔다. 이걸 본 와이프의 코웃음.

"왜? 그럼 주지 마? 버리지 뭐."

"아냐~ 버리지 마! 나 줘, 아까워."

그리다 보니 닮은 것 같기도.

일상으로의 초대전

4. Before the rain

습기를 머금은 바람이 갑작스레 불어와 앞머리를 정갈하게 갈라놓는다. 아침부터 시간 들여 만진 보람도 없이 강제로 만들어진 청학 동자 스타일이 신경 쓰여 운전하면서도 룸미러를 자꾸 쳐다보게 된다. 머리를 매만지려 쳐다본 그 안의 나는 내 기억 속의 나보다 눈매가 불손하다.

밤사이 집 앞의 도로는 우리 집 첫째가 어지럽힌 거실이 돼 있었다. 새벽까지 창을 흔들어대던 바람이 마지막 봄꽃까지 가지 채 부러뜨려 길거리는 소리 없는 아우성으로 가득했다. 바퀴에 짓이겨진 목련과 물에 젖은 벚꽃 잎들, 듬성듬성 굴러다니는 나뭇가지는 하루를 시작해야 하는 나의 눈앞에

스산한 풍경화 한 폭을 펼쳐 놓는다.

　운전 중 라디오의 선곡에 귀 기울이다 보니 우리의 감정은 날씨의 지배를 받고 있다고 생각하게 된다. 북유럽에서 밝은 화풍의 작가를 찾기 어려운 이유를 쉽게 추론할 수 있는 것처럼, 궂은 날씨에 라디오의 신청곡이 우울한 곡으로 넘치는 것은 당연한 귀결일 것이다. 차 안을 누르는 듯한 공기의 진동이 싫어 라디오를 꺼 버렸지만 왜인지 가만히 운전만 하기엔 내 마음은 소란스럽다.

　상담 중 우울감을 다스리는 방법에는 어떤 것이 좋으냐는 질문을 종종 받는다. 약물적 치료를 제외한 방법으로는 충분한 수면과 맛있는 음식, 일광욕, 산책, 취미 활동 등 널리 알려진 해결책이 존재한다. 하지만 이렇게 일터로 향하는 상황에서는 선택지가 지극히 한정될 수밖에 없다. 문득 일을 쉬는 것이 최선이라는 생각이 스쳐 갔으나, 교사가 학교에 가기 싫어한다는 사실을 들킨다면 면이 안 서는 일이므로 다른 방법을 강구해야 한다.

이럴 때 나는 커피와 분위기를 전환할 수 있는 음악을 찾는다. 따뜻한 커피로 감정의 온도를 올리는 일은 간단한 일이다. 하지만 음악 선곡에는 나름의 섬세함이 요구된다. 장르에 대한 편견은 없어도 우중충한 기분에 대책 없이 밝은 노래는 오히려 상황을 악화시킬 수 있다. 착실하게 기승전결을 밟아가는 곡으로 마음을 움직여야 한다. 쉽게 말하자면 어두운 분위기가 싫다고 해서 박상철의 '무조건' 같은 음악을 틀면 안 된다는 말이다.

리 오스카(Lee Oskar)라는 덴마크 출신의 뮤지션이 있다. 그를 모르는 사람도 그의 하모니카 연주는 한 번쯤은 들어봤을 법하다. 그의 음악은 CF 또는 방송에서 종종 활용되기 때문에 낯설다는 느낌보다는 어디서 들어 본 듯한 친숙함으로 다가온다. 앨범을 재생하면 하모니카의 거장다운 흡입력 있는 연주에 자연스레 빠지게 된다. 나에겐 바람 빠진 소리만 허락하던 하모니카가 그의 연주로 인해 블루스와 진한 소울을 풍기는 악기로 변모되는 건 곡 하나로도 충분하다.

그의 음악 중 'Before the rain'을 재생해 본다. 스피커 밖
으로 깨끗하게 울리는 그의 하모니카 연주는 차 밖까지 퍼져
나가 하늘의 잿빛 구름을 걷어 낸다. 도로 위 자동차들의 후
미등은 하모니카 음의 높낮이에 맞춰 깜빡거리고 어느새 내
손가락은 핸들을 토독이며 리듬을 따라가고 있다. 8분을 넘
어가는 이 곡의 백미는 마지막 30초를 남기고 등장하는 빗소
리에 있다. 투둑 투두둑.

영화 〈라라랜드〉의 오프닝처럼 꽉 막힌 도로 위에 차를 내
버려두고 밖으로 나오는 상상을 해본다. 지금이라면 비를 맞
고 걸어가도 괜찮을 것만 같아 참기 어려운 내 마음은 간질
간질하다.

음악이 실내를 밝혀 주고.

5. 이상한 거울

커서가 좌우로 움직이며 선택받지 못한 문장들을 모니터의 깊은 어딘가로 밀어낸다. 불쑥불쑥 올라오는 감정의 과잉들은 좌측을 가리키는 화살표에 맡겨 둔다.

많은 말을 하며 사는 나는 자신을 점검하는 시간이 부족함을 경계해야 한다. 윗집도 잠들어 발소리도 안 들리는 고요한 시간, 책상에 몸을 붙이고 키보드와 엉켜 있는 나는 무엇이든 털어놓고 싶은 기분이다.

블랙 티를 넘기는 목울대의 어느 곳이 따끔거리는 게 느껴진다. 말로 먹고사는 사람이다 보니 할 말이 많은 학기 초엔 늘 목 상태가 이렇다. 아이들이 지나가야 할 말과 머물러야 할 말의 차이를 이해할 때까지는 목이 좀 더 고생할 것을 염두에 둬야 한다.

　이십 대의 나는 실없는 소릴 좋아하고 지키지 못할 말도 많이 했다. 던져 놓은 수많은 말들에 치여 살고 자존심만 강했던 그때의 나는 현재를 상상할 수 없었다. 이상만 컸지 한없이 가볍던 그 사람은 남들이 마음을 확고히 세울 나이쯤엔 자신보다 무거운 일들을 해 왔다. 지금은 그 무게에 눌려 세상에 혹하며 살고 있으니, 그때의 내가 지금의 나를 평가한다면 뭐라 말할지 궁금하다.

　잠시 의식과 무의식의 경계를 부유하던 중 귓가를 울리는 마이클 잭슨의 'Man In The Mirror'가 각성의 물가로 나를 끌어올린다. 내 기억의 마지막은 류이치 사카모토의 〈Aqua〉 앨범이었는데 의식하지 못하는 사이 다음 앨범으로 넘어간 듯하다. 그를 좋아하지만 한밤중의 고요를 깨는 독특한 그루브를 감당하기 어려워 서둘러 선곡을 바꾸려는데, 오늘따라 유독 잘 들리는 그의 노랫말에 손을 잠시 멈춘다.

I'm starting with the man in the mirror.

I'm asking him to change his ways.

(나는 거울 안의 이 남자로부터 시작하려 해.

나는 그에게 사는 방법을 바꾸라며 요청하고 있어.)

　사람을 피해 작업실에 웅크려 살던 시절엔 뭐 하며 지내는지 안부를 묻는 친구들에게 즐겨하던 대답이 있었다. '외로된 사업'에 골몰하고 있다는 다소 썰렁한 농담이었지만, 나를 아는 친구들은 더는 묻지 않고 내 삶을 응원해 주었다.

　거울 속 자신을 진찰할 수 없어 퍽 섭섭해하던 이상(李箱)처럼, 나는 모니터를 거울삼아 스스로를 진찰하려 글을 이어 가고 있다. 지금의 나는 그저 과거를 잊고 무엇엔가 눈이 멀어 자신을 진찰할 수 없어질까를 염려할 뿐이다.

　……(전략)

거울속의나는참나와는반대요마는

또괘닮았소

나는거울속의나를근심하고진찰할수없으니퍽섭섭하오

– 이상 「거울」 중에서

상암 MBC에 설치된 유영호 작가의 ⟨Mirror Man⟩.

이 작품을 사람들이 좋아하는 이유는….

일상으로의 초대전

6. 스쿠데토를 기념하며

나폴리의 플래시비토 광장에는 밤낮의 구별 없이 크고 작은 축제가 이어지고 있다. 마라도나 이후 33년을 기다려 온 지역팀의 우승이 이들에게 어떤 의미인지는 거리만 거닐어 봐도 쉽게 알 수 있다.

김민재의 활약으로 한국인 관광객이 부쩍 늘었다는 말을 단골 카페테리아의 점원한테서 듣게 되었다. 나폴리 출신의 점원 부르스콜로티는 킴의 나라에서 왔다면 지금 나폴리에 꼭 가봐야 한다며 누차 강요에 가까운 권유를 했다.

생각해 보니 다시는 없을지도 모르는 축제의 현장을 놓치

긴 아까워 여행시간을 쪼개 로마의 테르미니역에서 남부로 가는 기차를 예약했다. 왕복 38유로면 ktx 같은 쾌적한 열차를 탈 수 있으니 지갑 사정이 넉넉지 않은 여행자에게도 나쁘진 않았다. 다만 늘어난 관광객으로 인해 치솟은 숙박료가 부담되어 하루의 일정밖에 잡을 수 없다는 사실이 못내 아쉬웠다.

에스프레소를 마시며 쳐다보는 농촌의 풍경에 취해 시간 가는 줄도 몰랐는데 어느새 나폴리 중앙역에 도착했다는 안내가 들려왔다. 서둘러 역 밖으로 나간 후 전부터 보고 싶었던 나폴리 선수들의 벽화로 가득한 골목을 찾았다. 여러 명의 길거리 화가들이 그린 듯한 다양한 개성의 그림에선 축구를 향한 그들의 애정이 숨김없이 드러났다. 짧은 시간임에도 예술과 낙서 사이에서 나는 이탈리아의 저력을 느낄 수 있었다.

일정에 쫓기듯 미터기로 운행하는 택시를 잡고 나폴리의 홈 경기장인 디에고 아르만도 마라도나 스타디움으로 향했다. 창밖으로 보이는 고풍스러운 건물들과 바닥을 굴러다니는 쓰레기들의 조화는 익히 들어왔지만, 아직 적응이 안 돼 나도 모르게 눈을 찌푸리게 되었다. 기분을 해칠까 시선을 다른 곳으로 돌리니 삼삼오오 모여 응원가를 부르는 나폴리 팬들이 보였다. 잠시 머릿속으로 그들과 어깨동무하며 축제를 즐길 내 모습을 상상하자 가벼운 흥분이 올라왔다.

마라도나 스타디움에는 경기가 없는 날이지만 기념품을 파는 상인들이 군데군데 자리를 잡고 호객에 열중이었다. 그중 가장 적극적으로 말을 거는 상인에게 머플러 하나를 10유로에 구매한 후 목에 걸쳐보았다. 신기하게도 머플러 하나에 이곳의 사람들과 동질감이 느껴져 없던 용기도 생겼다. 길가에서 병맥주를 마시며 떠드는 젊은이들 사이를 지나쳐 한적한 곳에 자리를 잡고 맥주 한 병을 마셨다. 무리 중 호기심 많은 청년이 나를 눈여겨봤는지 웃으면서 킴을 연호했다.

술에 취한 그들과 짧은 이탈리아어와 영어를 섞어 가며 대화를 나누다 보니 나 또한 술기운과 함께 흥도 올랐다. 어느새 건물의 벽을 물들이는 노을처럼 얼굴이 벌게진 나는 그들의 말에 귀를 기울이다 서로의 이메일을 주고받은 후 자리에서 일어났다. 시간에 쫓겨 끝내 외국인인 채로 마라도나의 경기장을 떠날 수밖에 없었던 나는, 셀카 몇 장만 남기고 다음 장소로 이동했다.

－－－－

이 모든 건 와이프와 맥주 한 잔을 마시며 해 본 상상이다. 며칠 동안 뉴스로 김민재의 우승 소식을 반복하며 읽다 보니가 본 적 없는 나폴리에 다녀온 듯한 느낌이 들었다.

상상에는 시공간의 제약이 없었다. 조회 수가 높은 기사들과 유튜브 및 구글 지도를 참고하며 상상을 더했다. 개인적인 경험도 섞어야만 사실적일 것 같아 살도 좀 붙이다 보니나는 이미 그곳에 다녀온 것 같았다. 아, 코가 길어졌다.

이십 대부터 해외 축구 보는 것을 좋아했다. 그때만 해도 우리나라 선수가 빅리그의 명문 팀에서 주전으로 활약할 것이라 상상하긴 어려웠다. 그러다 2002 월드컵 이후로 해외 진출의 물꼬가 트이더니 어느덧 해외에서 주전으로 활약하는 선수들의 이야기가 낯설지 않게 되었다.

김민재는 전북 현대에서 프로의 경력을 시작하여 베이징 궈안, 터키의 페네르바체를 거친 후 이탈리아에서 축구 선수로서 실력을 꽃피웠다. 박지성 이후 유럽 5대 리그에서 우승을, 그것도 수비축구의 본고장인 이탈리아에서 적응 기간도 없이 이적 첫해에 주전 수비수로서 우승을 일궈 냈으니 그 어떤 찬사도 아깝지 않다. 멀리 있는 팬이지만 조연이 아닌 주연으로 이뤄 낸 그의 성취를 이렇게나마 축하해 본다.

PAL E FIERR, KIM 3

스쿠데토(Scudetto)는 이탈리아의 스포츠 종목에서
디펜딩 챔피언이 부착하는 이탈리아 국기의 3색이 들어간
방패 문양을 말한다. – 나무위키 중에서

1) 로마 카페테리아 점원의 이름은 나폴리 우승 당시 주전 수비수
   의 이름을 사용했다.
2) 그림에 넣은 'Pal e fierr'라는 말은 철 기둥이라는 뜻으로 나폴
   리에서 불리던 김민재의 별명이며, 1)의 주인공 부르스콜로티
   의 애칭이었다.
3) 김민재는 입단 일 년 만에 나폴리의 우승을 이끈 후, 독일의 강
   호 바이에른 뮌헨으로 이적했다.

일상으로의 초대전

7. 말하지 않아도

봄맞이 대청소로 정신없는 주말을 보냈다. 확연하게 따스해진 햇볕에 충동적으로 벌인 일이었지만 지루했던 공간에 변화가 생기고 집안 곳곳에는 봄꽃이 핀 듯한 생기마저 돌았다.

가구를 옮기다 발견된 작은 장난감들에 첫째가 방방 뛰며 기뻐했다. 레이싱 카와 뽀로로의 친구들이 그늘 속에서 먼지와 뒤엉킨 채 오매불망 첫째를 기다렸다고 생각하니 괜스레 미안함이 들었다. 빨리 달라며 재촉하는 아이를 뒤로하고 먼지 붙은 장난감들을 물로 씻어 줬다. 수건으로 물기를 닦은 후 손에 쥐여 주자 녀석답지 않게 꽤 오래 조몰락거리며 놀이했다. 그 모습이 영문 모를 짠한 마음을 불러일으켰지만, 감상에 빠질 여유는 없었다. 엉망인 주변을 정리하려 몸을 일으켰다.

짐을 옮기는 내내 따라다니며 방해하는 아이들을 피해 정리할 물품들을 현관으로 옮겼다. 대청소의 백미는 불필요한 물품을 정리하는 데 있다. 나는 자칭 미니멀리스트라 물건을 쌓고 살진 않았으나 아이를 키우다 보니 예전처럼 살기는 어려웠다. 더군다나 나도 모르는 사이 물건에 정을 준 건지 아이들이 쓰던 물품들은 쉽게 정리하지 못했다. 매일 쓸고 닦던 시간이 쌓이다 보니 애착이란 게 생긴 것이다. 가까운 지인에게 주면 좋았겠지만, 주변보다 육아가 늦은 나는 선택지가 많지 않았다.

와이프가 비교적 저렴한 가격으로 중고 거래 사이트에 내놓은 물품들에 많은 문의가 들어왔다. 구매 의사를 밝힌 사람들과 적절한 시간을 정해 약속을 잡는데, 보통은 아내들이 연락하고 거래 장소에선 남편들이 물건을 주고받게 된다. 몇년 전 아이 때문에 시작했던 첫 중고 거래가 생각난다. 막상 나가기 전에는 대리인들이 서로를 어떻게 알아볼지 의문이었지만 기우였다. 장소에 도착하기도 전 멀리에서 소개팅 상대를 찾는 듯한 애타는 눈빛을 쉽게 발견할 수 있었다.

시간이 흘러 이제는 나도 능숙한 거래자가 되었다. 그것도 매너의 온도가 39도를 넘나드는 후끈한 거래자. 오늘도 시간에 맞춰 약속 장소로 나가자 상대를 쉽게 알아볼 수 있었다. 그렇지, 저 사람이네.

저기, 혹시 당근…?

일상으로의 초대전

8. 그리고 그리다

고열을 동반한 몸살로 이틀을 꼬박 앓아누웠다. 제일 힘들었던 건 몸을 웅크린 채 오한과 싸우는 일이었다. 자다 깨기를 반복하다 조금 정신이 돌아오면 그간 땀에 젖은 면티를 갈아입었다. 잘 건조된 면티로 옷을 갈아입으면 잠시 컨디션이 돌아오는 듯해 자리에 앉을 정도의 기운은 차릴 수 있었다. 하지만 그 기운으로 할 수 있는 건 휴대전화밖에 없어 쌓여있는 몇 개의 카톡을 처리하고 지인들에겐 엄살도 좀 떨며 내 상태를 알렸다.

그 와중에도 뼛속까지 호모 루덴스인 나는 인터넷 창을 열어 하루의 소식을 둘러보았다. 궁금하지 않은 일들을 궁금해하는 학습된 욕망 앞에 몸살 기운은 슬그머니 자취를 감췄다. 화면을 가득 채운 열애설과 혐오스러운 정치 소식을 빠르게 넘기던 손가락 뒤로 눈에 들어오는 제목의 기사가 있었다. 바깥의 소란스러움과는 거리를 둔 듯한 담담함 때문인지 만우절의 거짓말 같은 기사.

뉴스홈 | 다음 뉴스

영화 음악의 거장 류이치 사카모토, 직장암으로 별세. 향년 71세.

○○○기자

그의 음악을 처음 접하게 된 것은 영화 〈마지막 황제〉로 기억한다. 이제는 오래된 사진처럼 이미지만 남아 있는 영화지만, 몇몇 장면들은 묘한 슬픔과 감동을 자아내 꽤 뚜렷하게 기억나기도 한다. 영화보다 인상적인 OST가 있을까. 분명 영화에 감동하였음에도 기억에 남는 것은 음악인 경우도 있다. 영화 〈미션〉의 'Gabriel's oboe'를 예로 든다면 이해될지 모르겠다.

〈마지막 황제〉의 메인 테마 송은 서양인(데이비드 번)의 눈으로 중국을 재해석한 인상적인 곡이었지만, 류이치 사카모토의 'Rain'만큼 영화의 분위기를 단 한 곡에 아우르진 못했다. 긴장, 고뇌, 선택, 해방, 그리고 다시 부딪치는 불안한 감정들. 나는 'Rain'을 통해 이 영화를 기억하는 사람이다.

90년대 후반쯤 애청하던 라디오 방송에서 그에 대한 특별 코너를 진행하는 것을 들은 적이 있다. 방송의 DJ였던 유희열은 자신이 좋아하는 아티스트를 자주 소개하며 음악적 취향을 청취자들과 맞춰 가는데 능했다. 그중 류이치 사카모토의 이야기는 자주 언급이 되어 자연스레 그의 곡들에 관심을 가질 수 있었다.

그날의 방송에선 젊은 시절부터 그가 걸어왔던 행보와 다양하고 흥미로운 에피소드를 소개했다. 인터넷이 보급되지도 않았던 시절 해외 뮤지션의 숨겨진 일화들을 알게 되자 심리적 거리감이 좁혀져 팬심을 키우는 데 큰 역할을 했었다. 그 후 내 플레이리스트 상단에는 그의 앨범들이 더해져 갔으며 시간이 흘러 작업실과 한밤중의 내 방, 차가 막히는

도로 위에서도 그의 곡은 오랫동안 연주되었다.

아침에도 몸 상태가 무거웠다. 혹시나 하는 마음에 사용해 본 자가 진단 키트에서 선명한 두 줄이 보인다. 3년 동안 코로나를 우리 식구만 피해 갔다며 좋아했더니 그 경솔함이 결국 화를 불러들인 것만 같다. 병원에서 확진 판정을 받고 돌아오는 길에 벚꽃이 만드는 꽃비의 진풍경을 보았다. 눈앞에서 흩날리는 벚꽃잎들을 보니 왠지 모를 처연함도 들었다.

나뭇가지에 매달린 새하얀 벚꽃들을 보며 그의 머리색을 떠올렸다. 떨어지는 꽃잎들의 움직임에선 그의 손끝이 만들어 내던 선율을 기억할 수 있었다. 아마도 그렇게 우리는 저마다의 방식으로 떠나간 예술가를 배웅했는지도 모른다.

일상으로의 초대전

Goodbye Mr. Lawrence

9. 피아노를 싫어하던 아이

#1

피아노 한 대가 공간의 70% 이상을 채우는 좁은 방에서 아이는 자기 모습을 닮은 소년이 그려진 어린이 바이엘을 느릿하게 연주하는 중이다. 이 아이는 학교를 마치고 친구들과 더 놀고 싶었지만, 오늘은 피아노를 배우는 날이라 무거운 발걸음을 이끌고 정해진 시간보다 십 분 정도 늦게 학원으로 들어갔다. 조금이라도 늦게 가면 그만큼 피아노를 덜 쳐도 된다는 꾀가 생겨 요즘은 혼나지 않을 정도만 지각하는 중이다. 자리에 앉아 과일을 깎고 있는 선생님에게 인사를 마치자 이리 와서 사과 좀 먹고 들어가라는 말을 들었다. 하지만

일상으로의 초대전

얼른 학원을 마치고 집에 가고 싶은 아이는 자신보다 커다란 피아노가 있는 방으로 삼켜지듯 들어갔다. 밖에서 손을 둥글게 모으고 경쾌하게 치라는 선생님 목소리가 들려 신경을 쓰고 있지만, 실수를 많이 하여 손등을 자로 맞을까 손끝은 점점 더 긴장으로 경직돼 간다.

#2

원장은 협소한 공간에 학원을 차렸지만 영리적 목적을 포기하진 못하고 방을 여러 개로 나눠 아이들을 관리하고 있었다. 방의 창문에는 알기 쉽도록 수준별 등급을 나눠 적어 두었고, 아이들은 자신의 공간으로 스스로 들어가서 연습하게 만드는 시스템을 만들었다. 강사가 자신뿐이라 그녀는 햇빛도 잘 안 들어오는 사각의 공간 중앙에 평상 같은 자릴 만들고 모두의 연주를 귀로 들으며 관리했다. 간혹 할당된 연주 횟수를 채우지 않고 딴짓하는 아이들에게 호통치느라 목이 자주 아픈 그녀는, 늘 난로 위에 차 마시기 좋게 주전자를 준비했다. 또한 날씨나 기분이 좋은 날에는 사과나 다른 과일을 깎아 아이들이 먹기 좋게 탁자 위에 올려 두었다.

#3

아이가 무엇을 좋아하는지 모르는 엄마는 요즘 걱정이 많다. 학교에서 애들과 자주 싸운다고 담임에게 불려 다니는 것도 걱정이고, 공부를 못하는 것은 아니지만 첫째에 비하면 손색이 있는 아이라 좋아하는 것을 찾아 주고 싶은데 그게 참 어렵다. 좋아할 만한 것을 찾아 없는 형편에도 무리해 여러 번 시켜 봤지만, 뭐든 중도에 그만두니 한숨밖에 안 나온다. 오늘은 아이가 학원에 등원을 안 했다고 집으로 전화가 와 동네를 뒤져 보니 오락실에서 게임에 열중하는 모습을 보았다. 이 녀석은 엄마가 자신을 노려보는지도 모르고 입은 반쯤 벌린 채 게임에 빠져 있으니, 속에서 슬슬 천불이 올라온다. 혼을 낼지 빠진 이유를 물어볼지 잠시 고민했지만, 늘 아빠에게 눌려 사는 아이가 안쓰러워 혼낼 마음을 접는다. 손을 잡고 집으로 돌아가는 길에 학원이 싫어 안 갔다며 천진난만하게 대답하는 아이를 보며 엄마는 생각에 잠긴다. 포기하듯 나직한 목소리로 "그래, 내일부터는 그만 다니자."라고 말해줬어도 남편에게는 어떻게 말해야 할지 고민된다. 저녁거리가 들어있는 봉지는 집에 가까워질수록 점점 무거워졌다.

어제저녁 유재석이 진행하여 유명해진 토크쇼를 보았다. 가끔 보이는 기사를 통해 이름만 알고 있던 피아니스트 조성진이 나온다는 말에 방송을 통해 그의 이야기를 들어 보고 싶었다. 별다른 이유는 없었다. 젊은 나이에 그가 이룬 놀라운 성취는 들어 본 적이 있었으나, 그의 목소리를 들어본 적이 없기에 궁금했던 것이 전부였다.

진행자의 질문에 음악이 일상의 모든 것이라며 담담히 대답을 이어가는 그를 보니 알 수 없는 감정이 올라왔다. 헨델의 '미뉴에트 G단조'를 연주하는 그의 손이 끌어낸 것인지 헨델의 안배인지는 잘 모르겠으나, 방송 마지막에 연주한 그의 느린 춤곡에선 깊은 상실감마저 느낄 수 있었다.

갑자기 오랜 기억이 떠올랐다. 노을이 지던 저녁, 집으로 돌아가던 그 길.

미술은 눈으로 보고 취향에 부합되는지 이성이라는 판관을 거친 후 뒤늦게 감정이란 것이 따라온다. 하지만 음악은 다르다. 감정을 전달하는 방식이 거칠건 예의 바르건 간에 폐부를 단숨에 찌른다는 사실에서 나는 음악의 위대함을 느낀다. 감정의 모양을 형용하기 어려운 위대한 추상 앞에 나는 또 글을 끄적인다.

* 미뉴에트- 17~18세기에 유행한 우아하고 느린 춤곡

몇 장을 그려 보아도….

10. 엄마를 기억하는 방법

어머니 기일이었다. 형 집에서 제사를 지내고 돌아온 후 침대맡에 앉아 남은 정종을 홀짝였다. 아내와 아이들이 잠든 늦은 밤, 이런 날의 마무리로는 정종만 한 게 없다.

엊그제 육아 때문에 한동안 제사음식 만드는 일에 참여하지 못한 와이프와 산적을 꿰며 저녁 시간을 보냈다. 하지만 내 정신이 어디에 팔렸던 건지 와이프와 먹을 야식을 만들려다 중지와 약지를 채칼에 크게 썰렸다. 전공 때문에 온갖 연장에 다치는 일이 있었지만, 오랜만에 보는 작지 않은 부상

일상으로의 초대전

에 조금은 당황했다. 아니, 사실은 옆에서 얼굴이 허예진 와이프 덕분에 많이 당황했었다.

응급실에 접수한 후 초연하게 대기하고 싶었는데 피가 멈추지 않고 계속 흐르는 걸 보니 마음에 조급함이 생겼다. 누구나 피를 많이 보면 태연하기가 어렵지 않은가. 조바심에 창구로 가 내 순서를 물어보려 일어났다. 하지만 응급실 안에선 고통에 찬 신음성이 문밖으로 새어 나오고 밖에선 오토바이 사고로 추정되는 환자가 실려 오고 있었다. 그러다 보니 내 고뿔 같은 자상은 그 누구의 눈에도 안 들어왔다.

웃기게도 내 마음이 평온해진 것은 그때부터였다. 어떤 일이든 중요한 순서가 있다. 얼마 후 피곤함에 절인 듯한 응급실 레지던트의 기계적인 치료를 받고 집으로 돌아왔지만, 기분이 나쁘진 않았다. 나만 몰랐을 뿐 주위에는 크고 작은 소음 같은 고통이 가득했다. 따라서 나 역시 크게 보면 소음의 한 축을 담당하며 살고 있으니 내가 무슨 일을 겪었든 별다를 게 없는 것이었다.

갑작스러운 고백을 해 보자면 나는 제사에 대한 부정적인 인식을 지닌 채 자라왔다. 내가 태어나기도 전에 돌아가신 할머니, 할아버지의 제사를 어머니 혼자 일 년에 몇 번씩이나 치르셨으니 그 고생은 더 말할 필요도 없을 것이다. 작은아버지 내외는 제사에 무관심했으며 아버지는 제사에 도움은커녕 역정에 과음까지 더해 편안히 마치는 날이 드물었다. 자연스레 우리 형제는 제사와 차례를 무척이나 싫어하게 되었다.

시간이 흘러 형과 내가 어머니의 제사를 모시게 되었다. 몇 년의 시간을 둔 상의 끝에 명절에는 우리끼리 모여 가족 공원을 다녀오고 식사를 같이하며 어머니를 기리는 시간을 갖기로 했다. 제사는 기일 날만 정성스레 모시기로 했다. 그거면 어머니도 우리 형제의 마음을 헤아려 주시리라 생각한다. 아니, 오히려 잘 결정했다고 우릴 안아 주셨을 어머니다.

숙취로 눈을 뜬 아침에 휴대전화로 형의 문자가 와 있었다. 급하게 기록했는지 띄어쓰기도 맞춤법도 의식하지 못한

일상으로의 초대전

장문의 문자에는 눈물이 배어 있었다.

아, 아. 아….

방금 꿈에서 깼는데 엄마가 기분이 좋았는지 꿈속에서 한참을 있었어. 신기하게도 지난 몇 년간 꿈에 엄마가 이렇게 기분 좋은 모습으로 나온 적이 없었는데 막 웃으면서 우리집은 아닌 다른 집에서 화단도 크게 있고 집 앞에 파도 심어져 있는 곳에서 너랑 나랑 아버지랑 나와서 밥 먹으라 했을 때 후다닥 밥먹고 막 그랬던 것 같아. 그렇게 정말 가장 정상적인 시절의 모습으로 식사하고 놀고 하니까 엄마가 하는 얘기가 나는 이렇게 밥 먹으라고 했을 때 밥 딱 먹고 들어가는게 가장 좋다고 하는거야.. 지난 몇년간 가끔 꿈에 엄마가 나타나면 보자마자 돌아가셨다는걸 인지하고 아는 척하면 사라질까봐 모른 척 했었거든. 그런데 이번엔 정말 살아계실 때 모습처럼 너무 밝게 웃고 아픈 모습이 아닌 밥도 해주시는 모습이라서 꿈속의 나도 깨는 순간까지 그냥 예전에 집에서 살았던 순간으로 생각되었던거야. 분간을 못했었는지 너무 좋아서 정말 살아계신거 맞는지 확인하고 싶어서, 심장 뛰는거 느껴보고 싶어서 꽉 안아봤지. 그런데 진짜 한 몇 초간 심장뛰는게 느껴지는거야.. 그리고 내가 너무 꽉 안았는지 오래 안았는지. 그 때 사라지면서 꿈에서 깼어. 그게 6시 몇분.. 엄마도 오늘은 기분이 좋으셨나봐 왔다 가신거 같아 아무래도.

일상으로의 초대전

너무 보고 싶습니다.

11. 내가 왜 미술을 사랑했는지

창피하지만 요즘 부쩍 눈물을 자주 흘린다. 나이라도 많이 먹었다면 과다한 여성 호르몬 분비 탓이라고 핑계라도 댈 텐데 그렇다기엔 아직은 젊다. 가녀린 외형의 소유자라면 동정이라도 사겠지만 내 덩치는 그것과는 거리감이 있으니, 누군가에게라도 그 흉측한 장면을 들킨다면 매우 곤란해진다. 가까운 예로 올해 〈아바타 2〉를 단체 관람으로 보다가 옆자리에 앉은 여교사에게 눈물 흘리는 모습을 들킨 적이 있었다. 하.

3D 안경을 꼈는데도 내 훌쩍임이 옆자리까지 느껴졌나 보다. 자신도 울어 놓고선 내가 눈물을 흘린 것은 놀림거리였는지 볼 때마다 웃었다. 자식이 있는 처지에서 어떻게 그런

일상으로의 초대전

장면에 저항할 수 있었겠냐며 당당하게 말했지만, 집에선 자기 전 발로 이불 먼지를 여러 번 털었다. 이 모자란 사람….

　이건 뭐 조금만 신파적인 요소만 있어도 대응 불가다. 극장에서 〈슬램덩크〉를 보다가도 눈물, 지나간 드라마를 보다가도 눈물, 애가 짠한 소리를 하면 눈물. 하지만 그 이유를 궁금해하진 않았다. 굳이 거울효과, 동조효과를 들먹이지 않아도 난 그냥 그런 사람이라고 쉽게 받아들였기 때문이다. 뭐 그렇다고 이 끄적임이 울밍 아웃을 위한 것은 아니다.

　우는 얼굴을 보면 울고 싶어지고, 웃는 얼굴을 보면 같이 크게 웃으며 살았다. 성내는 얼굴에는 거울을 들이대듯 나의 불편함을 표시할 수 있었기에 내 감정에는 뒤끝이 있을 수 없었다. 나의 감정은 늘 파도 위에 있었으며 오고 감은 반복되었지만, 떠난 후 남은 거품을 바라보는 사람들의 마음까진 알 수 없었다. 누군가가 공들인 모래성을 무너뜨렸는지, 모래 위 사랑의 표상을 지워 버린 것은 아닌지 떠나간 파도는 볼 수 없기 때문이다.

엊그제 우리 아이의 우는 모습 그림을 본 글 벗의 글을 읽게 되었다. 낙서에 가까운 드로잉이었지만 애정이 가서 그대로 두었는데, 그에겐 그 그림이 남다르게 와 닿는 요소가 있었나 보다. 눈물 콧물 다 흘리며 엉엉 우는 아이의 모습에서 과거의 자신을 본 것이다. 나이를 먹은 성인은 아이처럼 울 수 없기에 그림이 자기 대신 울어 주었다 위로될 수 있었을 것이다.

또 잊고 있었다. 내가 왜 미술을 사랑했었는지를.

이미지는 강한 힘을 갖고 있다. 어떤 사람은 캔버스를 꽉 채운 추상화 앞에서 눈물을 흘리기도 하고, 또 어떤 사람은 돌 두 개가 마주 보고 있는 공간에서 한없이 깊은 사유를 하기도 한다. 이글거리는 해바라기 그림에선 외로웠던 한 남자의 삶을 보고, 커다란 거미 조각에서 모성애를 보기도 한다.

파도는 많은 것들을 씻어 내린다. 내 그림을 다시 쳐다본다. 부족한 솜씨에 들었던 부끄러움도 잠시, 난 다시 그림을 그리고 싶어진다.

미용실이 무서워요.

12. 불의 전차

　다른 생각을 하다 계단에서 발을 헛디뎌 왼쪽 발목이 접질렸다. 저릿한 통증에 처음 든 생각은 일상생활에 대한 걱정보다는 '러닝을 못 하게 되면 안 되는데, 이거 큰일이다.'였다. 발등만 살짝 부어올라 대수롭지 않게 여겼지만, 혹시 몰라 병원을 찾았다.

　엑스레이 촬영 후 의사에게 다행히 인대가 늘어난 것은 아니고 근육이 놀라서 그렇다는 말을 들었다. 나는 달려도 괜찮은지 물어보고, 의사는 살살 뛰는 것은 괜찮다 대답했다. 그날 밤 동네 바보는 산책로에서 30분을 달렸다.

창밖으로 떨어지는 비를 보곤 우중런은 어떨지 생각했다. '어차피 땀으로 젖을 몸, 달릴 때는 좀 시원하겠지.'라며 아이들이 잠들기를 기다리다 집을 나섰다. 생각보다 거칠게 쏟아지는 비에 시야가 불편해도 그 또한 괜찮았다. 우산 쓴 사람들 사이를 지나쳐 뛰어갈 때는 영화 속 주인공이 된 것만 같아 세상 혼자 시크한 표정도 지었던 것 같다. 비만 오면 동네에 광인이 출몰한다는 소문도 모른 채 이 구역의 광년이(광현이)는 백만 불짜리 다리를 달은 듯 뛰어다녔다.

달리는 순간만큼은 그간 못 나누던 내 몸과의 대화가 가능해진다. 허벅지, 종아리, 발목, 폐, 심장, 팔, 건조해진 입 모두가 자기 좀 봐달라고 아우성치지만, 녀석들을 살살 달래가며 목적지까지 향하는 과정은 즐거움 그 자체다. 남녀에게 참 좋은데 어떻게 표현할 방법도 없는 달리기를 나는 왜 시작하게 되었던가.

스무 살이 되었을 때 시작한 헬스부터 군 생활과 잠깐의 도피성 외국 생활 시기를 제외하곤 운동을 쉰 해가 없었다. 이렇게 말하면 오해가 생길 것 같아 미리 밝히자면 나는 운동에 소질이 없다. 하지만 재능이 없어도 좋아하는 사람은 많지 않은가. 헬스, 복싱, 수영 등 몸을 쓰는 일이라면 이리저리 기웃대며 배우는 순간만큼은 열과 성을 다했다.

물론 운동을 싫어하는 사람들도 많다. 땀이 나서 불쾌하다든지 운동 후엔 근육통으로 아픈데 왜 하는지 모르겠다든지. 이런 글을 쓰는 나조차 기본적으로 정적인 사람이기에 그 마음을 잘 이해한다. 그런데 왜 그런 성향의 사람이 운동을 좋아하게 됐는지는 대답이 필요하겠다. 가장 근본적인 이유는 몸을 운동으로 혹사했을 때 느낄 수 있는 기분 때문이다.

오랜 시간을 남들과는 다른 리듬으로 살았다. 그리고 생산적이지 못한 일에 애를 써 왔다. 남들이 돈을 벌 때 나는 매를 벌었으니, 겉으론 당당해도 내면은 어지러웠다. 정말 그랬었다. 삼키면 안 될 뜨거운 덩어리를 삼킨 듯 그 뜨거움에

일상으로의 초대전

생난리를 쳤지만 열은 쉬이 가라앉지 않았다.

　자괴감에 삼켜지지 않기 위해서 운동을 했다. 운동하고 나
면 느껴지는 근육통은 그래도 하루를 성실하게 살았다는 착
각을 들게 해줬다. 게다가 겨울엔 추운 작업실에서 씻는 대
신 헬스장의 따뜻한 샤워실을 쓸 수 있었기에 생활에 매우
유용했다. 한번 관성이 생겨 버린 운동 습관은 작업실을 벗
어나 살게 되었어도 유지되었다. 피곤함에 지쳐 쓰러져 있고
싶어도 운동을 안 하면 느껴지는 죄책감에 기어서라도 헬스
장으로 갔다.

　뭐든지 과하면 탈이 나는 법이다. 더구나 의욕만 과한 나
는 학습 능력이 떨어졌다. 반복되는 자잘한 부상을 무시하다
결국 한 번의 다리 수술과 일 년 동안의 어깨 치료로 모든 운
동은 자연스럽게 멀어지게 되었다. 물론 육아도 겹쳐있어 운
동은 엄두도 낼 수 없었다. 어쩔 수 없다 여겼지만, 4년이란
시간은 사람을 무력하게 만들기 충분했다.

그러던 어느 날 글쓰기 플랫폼에서 음악을 주제로 글 쓰는 작가분의 러닝 예찬 글을 읽었다.

나는 왜 달리지 않지?

나는 왜 달리는가

잘 만든 제목이었다. 감탄사가 절로 나왔으니 내 마음은 이미 제목을 보는 순간 반쯤 넘어갔다고 해도 무방했다. 너는 왜 달리지 않느냐는 단순한 질문에 뛰지 못할 이유가 떠오르지 않았다. 러닝은 내 어깨의 부상과 상관이 없고(사실 아직 팔을 흔들 때 조금 아프지만), 다리는 천천히만 뛴다면 불가능하지 않았으며(좌우로 뛰는 것은 안 되지만) 시간에도 구애받질 않았으니 안 될 이유는 없었다.

이전까지 러닝은 트레드밀 위에서 운동 전 몸의 열을 올리는 수단이었을 뿐 목적이었던 적이 없었다. 그리고 재미도 몰랐으니 아예 머릿속에 선택지로 있질 않았다. 그런데 그분의 글을 읽다 보니 현재 내가 할 수 있는 최적의 운동은 달리기라는 것을 깨달을 수 있었다. 시중에는 달리기에 대한 다양한 이론과 방법이 나와 있으므로 굳이 나 같은 초보자의 말을 얹을 필요는 없다.

다만 운동에 대한 개인적인 경험을 덧붙여 보자면 계기가 중요하다 말하고 싶다. 살이 쪄서, 건강이 안 좋아져서, 멋진 몸매의 연예인들이 부러워서, 외모에 자신감이 없어서 등 다양한 이유를 찾을 수 있을 것이다.

내 러닝의 계기는 그분의 단 한 문장이었다.

달리기는 원래 느리다.

고정 관념을 깨는 문장에 느낀 바가 커 다음 날 바로 달리기를 시작해 봤다. 숨이 찰 때까지 달려보며 걱정보다 몸이 덜 아프다는 사실에 기뻐했다. 그리고 그다음 날엔 코스를 정해 천천히 달려보길 시작했고, 느리게 달리는 일이 생각보다 즐겁다는 사실을 알게 되었다. 사그라든 줄 알았던 열정은 금방 불타올랐다. 뛸 수 있는 타이밍이라면 낮과 밤을 가리지 않았다.

러닝을 시작했을 때가 불과 5주 전이었으나 날씨는 지금과 매우 달랐다. 한낮에 아이들 낮잠 시간을 빌려 산책로를 달리는데 무더위에 땀은 줄줄 났지만, 하늘이 너무도 파래 형용하기 어려운 기분을 느꼈다. 잠시 홀린 듯 하늘을 보며 달리는데 새파란 하늘이 입속으로 쏟아져 들어와 호흡이 흐트러졌다. 컥컥대긴 했어도 이 기쁨을 기억하는 한 내 달리기는 오랫동안 이어질 것이라는 예감에 웃음이 나왔다.

운동하는 이유를 스스로 찾지 못한다면 어떻게 시작한다 한들 일시적인 이벤트에 그치기 쉬울 것이다. 그 어려움을 알기에 조금이라도 도움이 될까 싶어 너절한 내 과거사를 늘어놓았다. 당신은 달릴 준비가 되었을까. 어차피 선택은 두 가지 중 하나일 뿐이다. 하거나, 안 하거나.

일상으로의 초대전

뉴진스 팬들에게 죄송합니다….

13. 여긴 나가는 곳이 어디오?

믿기 어렵다. 이곳에선 내가 막내인 것 같다.

다들 떠들썩하게 인사를 나누는 사이 주변을 둘러보니 나보다 후배가 눈에 띄질 않는다. 이럴 때 나는 대체로 가벼운 미소만 띤 채 침묵과 관찰로 분위기를 살피는 편이다. 가끔 들었던 말 걸기 어려워 보인다는 이미지는 이에 기인한 것이겠지만 어떡하겠는가, 어색함을 견디는 나만의 방식인데. 전국에 흩어져 있는 INFJ들은 내 억울함을 이해할 것이라 믿는다.

일상으로의 초대전

몇 해 전 친한 선배가 동문의 전시 회의를 위해 모이자고 할 때부터 나 자신을 경계했어야 했다. 다수가 모여 진행하는 그룹 활동에는 나는 늘 버거움을 느꼈는데, 하필 그때 별 생각 없이 수락한 것이 문제였다. 뭐, 그래도 시작은 나쁘지 않았다. 서로들 바쁜 시간을 쪼개 건설적인 이야기를 나눴으니 말이다. 서로의 작업을 격려하며 전시 계획을 세우는 모습에는 잠시 사그라들었던 열정도 되살아났으니 좋았다는 말이 더 맞을 수도 있겠다.

하지만 난 거기까지였다. 아내와 나 사이에 하나둘 아이가 태어나자 작업에 손을 놓을 수밖에 없는 상황이 되었다. 당연하게도 모임에 계속 참여하는 일이 점점 더 힘들어져 갔으며 불편해졌다. 사정을 양해받는 일도, 가지도 못할 동문의 전시를 말로만 축하해 주는 일 모두 온전한 진심일 수 없던 나는 침묵을 이어갈 수밖에 없었다. 어느 순간 나를 향한 교수님들과 선배들의 작업 독려도 점점 줄어들며 불편한 배려만 남게 되자 나는 헤어질 결심을 하게 되었다. 다만 모두가 모일 때마다 화기애애한 자리에서 막내가 이런 말을 어떻게 꺼내야 할지 고민이 컸다. 방법을 찾아야 했지만 뾰족한 수는 떠오르지 않고 차일피일 내 실행일은 미뤄져만 갔다.

그러던 어느 날 인터넷을 통해 놀라운 소식을 듣게 되었다. 카카오톡에서 단톡방 조용히 나가기 기능이 추가되었다는 뉴스.

그렇다. 지금까지 나는 카카오톡 단톡방을 나가지 못해 전전긍긍했었다. 이 단순한 기능을 추가하는데 왜 오랜 시간이 필요했는지 더는 궁금해하지 않으련다. 해결책을 찾았으니 됐다.

어차피 30명이 넘는 단톡방에서 내 역할은 사라졌기에 조용히 나가는 일이 문제가 되지는 않을 것이다. 하지만 혹여 불필요한 잡음이 생길까 위아래 친한 동문 몇 명과 교수님 한 분께는 미리 양해를 구했다. 이해한다며 얼른 아이들 다 키우고 돌아오란 말을 듣고 나서야 마음의 부담을 조금은 덜 수 있었다. 여태까지 소심했지만 대범해질 시간이 왔다.

호다다닥.

epilogue.

이젠 누가 방을 나갔다는 알림은 뜨지 않는다. 재미를 위해 조금 과장했지만, 상황만 다를 뿐 단톡방 감옥에서 고통받는 사람들이 많을 것이다. 아직 몰랐다면 탈출 방법은 간단하다. 카톡 설정에서 실험실로 들어간다. 그다음 채팅방 조용히 나가기를 실행해 주면 끝.

일상으로의 초대전

14. Baby, it's cold outside

　연휴 내내 이어진 명절 음식이 조금은 지겨워진 저녁, 와이프와 심사숙고 끝에 저녁 메뉴로 닭강정을 선택했다. 우리가 떠올린 집은 유명 맛집인데 재래시장 안에 있어 포장 말고는 사 올 방법이 없다. 주차 스트레스가 싫어 웬만한 거리는 전부 자전거로 다니는 나는 연일 뉴스에서 경고했던 혹한에도 무심하게 옷을 챙겨 입었다.

　아빠 어디 가냐고 따라 나온 첫째와 추위를 걱정하는 와이프를 뒤에 두고 호기롭게 집을 나섰으나, 후회까지 걸리는 시간은 그리 길지 않았다. 얼굴을 바늘처럼 찌르는 냉기에 이천 원의 주차 비용과 배달도 안 되는 닭강정의 가치에 대해 다시 한번 생각하게 되었다.

맞바람을 뚫고 페달을 밟는 동안 자꾸 들러붙는 속눈썹을 비벼 보니 눈송이처럼 알알이 얼어붙은 눈물이 손가락 위에서 흩어졌다. 군 제대 후 오랜만에 겪는 일이라 무용담처럼 당장 와이프에게 늘어놓고 싶어 입이 근질거렸다. 얼마큼의 호들갑이 스토리텔링에 효과적일지 궁리도 했다.

이른 저녁의 거리엔 산책 나온 견주들과 영역 표시하기에 바쁜 개들만 보였다. 한 손엔 목줄을, 다른 손으로는 휴대전화만 쳐다보며 위태로운 걸음을 이어가는 그들을 나는 빠르지도 느리지도 않은 능숙한 솜씨로 비켜 지나갔다.

힘들게 도착한 시장 입구엔 불이 꺼진 가게들이 먼저 눈에 들어와 슬픈 결말을 예감케 했다. 아니나 다를까 닭강정 가게는 문을 열지 않았다. 어쩔 수 없는 헛웃음만 내뱉고 돌아가던 중, 영업 중인 다른 가게를 발견해 목적한 바는 이룰 수 있었다. 원하던 맛집이 아니면 어떤가. 나는 절반의 성공도 익숙한 사람이기에 이 정도면 괜찮다 위안했다.

　삼십 분가량의 짧은 자전거 외출로도 하고 싶은 이야기가 세 개나 생겼다. 와이프는 실없는 내 이야기에 늘 무관심한 척하지만 나는 알고 있다. 사실 그는 내 콘텐츠 없는 스몰토크에 중독되었다는 것을. 이젠 식탁 앞에서 이야기를 지루하지 않게 재구성하는 일만 남았다.

　속도를 높여 돌아오는 길에 건널목 맞은편 헬스장 홍보 현수막에 시선이 꽂힌다.

거울 좀 봐라, 먹고 싶나.

　…하고 싶은 이야깃거리가 한 개 더 늘어났다.

배송비 무료.

일상으로의 초대전

15. 동네 김밥집의 폐업

 동네 김밥집이 문을 닫았다. 가끔 들릴 때마다 종류별로 주문해 봤지만 균일하게 맛이 없어 발길을 끊은 지 좀 된 집인데, 나 같은 사람들이 많았는지 더는 버티질 못하고 문을 닫았다. 아쉽지만 김밥들의 천국은 동네 자영업자 하나 구원하질 못하고 오래된 참기름 냄새 같은 슬픔만 말아 올렸다.

 천국이 문 닫으니 입구의 안팎이 소란스러웠다. 자욱한 분진 사이로 분주하게 움직이는 인부들과 원형톱날의 위협적인 소음은 사람들의 시선을 끌어모으기에 충분했다. 내가 사는 동네는 오래된 아파트가 모여 있는 곳으로 변화가 크지 않기에 사람들은 사소한 변화에도 호기심을 보인다.

지게차로 올린 간판에는 커다란 글씨로 이곳이 탕후루 가게가 오픈할 것임을 알리고 있었다. 아, 이런. SNS에선 이미 인기가 시들해졌고 뉴스에도 중국의 간식이 건강에 미치는 해악에 대해 몇 차례 휩쓸고 지나간 후다. 아무래도 반응이 오래가지 않을 텐데 이곳까지 들어왔다.

세상에 내몰린 자영업자들이 프랜차이즈의 꼬드김에 자신만 모르는 막차를 타곤 허망하게 폐점했던 사례들이 떠올랐다. 유행엔 혹하기 쉽겠지만 세상은 빠르게 변하고 내가 아는 사업이라면 그 시장은 이미 포화 상태라는 것은 공공연한 비밀이다. 물론 자신만이 보여 줄 수 있는 차이점이 있다면 얘기는 조금 달라지겠지만, 결국 지난한 버티기 싸움만 남을 뿐 고통은 크게 다르지 않을 것이다.

요즘 유독 날씨가 좋아 나뭇잎이 떨어진 밤길 위에서 달리기로 많은 시간을 보냈다. 밤에도 선명하게 자신의 색깔을

빛내는 낙엽들을 밟으며 물감이 두텁게 칠해진 한 폭의 그림 위를 뛰고 있다는 상상도 했다. 그렇게 달리기에 빠져 살다 보니 멀티태스킹이 안 되는 단순한 누구는 요 며칠 글도 쓰질 못했다.

실은 중간중간 짧게 글을 쓰긴 했었다. 하지만 전처럼 편하게 글을 쓸 수 없었다. 무슨 헛바람이 든 건지 글의 소재를 내가 아닌 다른 사람들의 관심사에서 찾으려 했기에 글이 쉽게 뻗어 나가질 못했다. 돈이 되는 연재를 시작해 보라는 어느 곳의 유혹에 내 마음이 혹했다는 것도 정체의 큰 이유가 됐다.

가만히 내 글쓰기의 목적을 생각해 보니 이 욕심은 너무나도 엉뚱했다. 그러니 문장이 길을 잃은 것은 당연했다. '나 역시 또 다른 대박 신화를 좇아 글쓰기 프랜차이즈 집을 내고 싶었던 것은 아니었나?'라는 질문에는 떳떳할 수 없었다.

어수선한 생각들을 누르려 내 일상을 다시 기록하기 시작했다. 유행만 따라가는 글을 쓴다면 나 역시 폐업이라며 스스로를 경계하는 지금이 차라리 나다운 순간이다.

오래간만에 집중 좀 하려는데 글쓰기 플랫폼의 알람이 눈에 띄었다.

> **[글 발행 안내]** 글쓰기는 운동 같아서 매일 한 문장이라도 쓰는 근육을 기르는 게 중요하답니다. 오늘 떠오른 문장을 기록하고 한 편의 글로 완성해 보세요.

......

············하잖아. 둘 다 하고 있잖아~!

헛둘, 헛둘.

16. 깍두기가 맛있어지기까지

전날 밤의 과음으로 아침부터 속이 영 불편하다. 첫째를 어린이집에 데려다주고 해장하려 선반 위에 놓인 사리 곰탕 면을 집었다. 인덕션에 물을 올린 사이 냉장고를 열어 무슨 김치를 먹을까 잠시 고민해 보지만 전기세 더 나오기 전 깍두기를 꺼내고 문을 닫는다.

다 끓은 라면에 후추를 평소보다 더 털어 넣고 파의 윗동을 송송 썰어 넣으니 제법 맛이 근사해져 뒤틀렸던 위장이 국물을 받아들인다. 면을 크게 한입에 넣고 깍두기까지 집어넣으니, 행복이 별거 없다는 생각조차 든다. 얼마 전까지는 김장 때 한 깍두기의 맛이 간은 덜 배고 식감은 서걱거려 영

별로였는데, 서너 달이 지나자 숙성이란 마법이 깍두기를 식탁 위 최고의 조연으로 만들었다.

어제는 오랜만에 절친 셋이 유명하다는 횟집에서 술자리를 가졌다. 그날그날 어선에서 잡혀 온 제철 횟감을 공수하여 신선한 회를 먹을 수 있다는 집이었다. 친구들과 맛있는 안주들을 화제 삼는 즐거움에 술을 절제하기 어려웠다. 잔을 기울이며 근심은 나누고 앞날을 같이 계획해 보니 실현의 가능성과는 무관하게 오른 흥만큼 술에 빠르게 취할 수 있었다.

이전 학교에서 다른 학교로 자리를 옮기는 나에게 동료 교사가 한 말이 있다. 선생님하고는 참 친해지기 어려웠다고, 친절해 보이지만 벽이 느껴져 마음을 열기 힘들었다며 나중에 꼭 술 한잔하자며 악수를 청했다. 의외의 직접적인 화법에 적이 놀랐지만 내가 그리 보였으리라는 것을 모르진 않았다. 민망함에 그리하자 웃으며 대답했지만, 그는 그 의미를 알았을 것이다.

나이가 들며 사람들과 친해지기 점점 어려워진다는 푸념을 하던 후배가 있었다. 너도나도 다 같은 마음 아니겠냐며 공허한 대답을 해 줬지만, 실은 가꿀 수 없는 관계의 확장은 고통뿐일 것이라는 대답을 해 주고 싶었다. 그걸 깨달아야 자유로워질 것 아니겠냐, 관계에만 매몰돼 시간을 허비하기엔 삼십 대가 너무나 짧다고 말이다. 그는 부족한 선배의 이른 말 맺음에 길고양이에게 시선을 고정하는 것으로 화답했다.

지난 김장 때 나에게 허락된 네 통 분량의 김치를 정성스레 담갔다. 네 통뿐이 아닌 네 통씩이나 담근 것이다. 우리 집 김치냉장고의 용량이 그만큼이니 나는 그 양에 오롯이 집중하고 정성을 들일 수 있었다.(아마도 더했으면 허리가 나갔을 것이다.) 맛이 든 깍두기 하나에 여러 장면이 머릿속을 떠다닌다. 하지만 이것이 깨달음이 아니라는 것은 지독한 숙취가 증명하고 있었다.

일상으로의 초대전

먹고 마시고 다음 날엔 기도하라.

17. Don't cry snowman

날짜를 의식하지 못할 정도로 며칠을 바짝 앓았다. 침대와 병원을 오가다 보니 벌써 크리스마스 이브가 되었다. 다행인 건 이브가 되어서야 몸이 회복되었다는 것이고, 아닌 것은 연말 가족 행사를 전혀 신경 쓰지 못했다는 것이다.

내 공백을 장모님이 메꿔 어찌어찌 일상은 돌아갔지만, 아내의 지친 얼굴과 피곤한 몸짓이 마음에 걸린다. 톱니바퀴같이 돌아가야 하는 공동 육아에서 하나의 바퀴만 멈춰도 그 공장은 큰 타격을 받는다. 아프면 안 되기에 평소 건강에 신경 쓰는 편이지만, 촉박한 업무 일정에 실수가 나올까 전전긍긍하느라 스스로 오버를 좀 한 것 같다. 방학식 날이 되자

일상으로의 초대전

긴장이 풀린 건지 내 몸은 깊고도 오랜 잠을 원했다.

조금 이상하지만, 줄을 팽팽하게 당길 때 느껴지는 긴장감을 좋아한다. 평소 운동화 끈도 발에 맞춰 꼭 묶는 편이며, 옷도 손수 주름 없이 다려 놓은 상태로 입는다. 군대에선 삼선일치라는 복장에 관한 규정이 있었는데(셔츠, 벨트, 바지 선이 일치해야 하는 규정) 늘 그런 부분에선 본의 아니게 타의 모범이 되었다. 정리 정돈은 말할 것도 없다.

올곧은 선이 주는 확신이 있다. 선의 느슨함은 긴장을 풀게 만들어 무언가 하고 싶다는 의욕을 꺾는다. 추동 에너지가 없으면 무너지는 사람의 강박은 여러모로 피곤하다. 또 그 긴장감을 유지하며 사는 것 역시 고단한 일이긴 하지만 그게 나에겐 제일 자연스럽다.

회복 후 일상으로 돌아오니 팽팽하게 당겨 놓았던 많은 줄이 끊어져 있었다. 다시 끊어진 끈들을 이어 붙이려다가도 어쩔 수 없는 연말 일정에 시간을 쓰다 보니 그것들은 순위에서 밀려버렸다. 일상에서 소중하게 여겼던 행위들이 널브러져 있는 모습을 잠시 바라보니 낯설기까지 했다. 이는 더는 놓아두면 안 된다는 신호다.

다시 글을 쓰며 끊어진 줄 하나를 이어 본다. 부족했던 사람이 한 사람 이상의 몫을 해내려 분주했던 한 해를 어떻게 묘사해야 할지 떠오르는 표현마다 궁색하다. 연말이라 무언가를 정리하고 싶다는 욕구조차 스스로를 의심하게 되니 이쯤에서 그만하는 게 맞겠다. 다만 내년에는 올해보다 좋은 사람이 되어 전보다 나아진 글을 쓸 수 있길 바랄 뿐이다.

어제 평소 눈여겨보곤 가 보지 못했던 독립서점에 다녀왔다. 바깥세상과 유리된 것 같은 그 공간에선 다양한 독립 출판 서적들이 진열되어 있었다. 일반적으로 유통되는 책의 품질이 아닌 학급문집에 가까운 출판물들도 눈에 띄었는데, 책을 펼쳐 보니 모두 담담히 자신만의 이야길 하고 있었다. 그들은 세상이 알아주지 않아도 자신의 길에 충실했다. 말 그대로 그거면 된 것이다.

눈앞의 소박한 결과물들이 모든 것을 설명했기에 묘한 감동이 있었다. 전할 순 없지만 '아름다움이란 말은 앎에서 시작되었다.'는 말을 누군가에게라도 해 주고 싶었다. 그거 하나면 충분했다는 마음을 글 쓰는 나와 그들은 알고 있었다. 우리는 모두 그렇게 올해 무던히도 아름다웠다.

새해엔 모두 더 행복해지길.

Section 2.

미술 교사의 낭만주의

18. 교사의 개학은

개학했다. 며칠 전부터 학교로 출근하며 새 학기를 준비했으나 개학 당일은 늘 부산스럽다. 특히나 신입생의 담임을 맡을 땐 더욱 그렇다.

교직 생활의 절반은 고등학생을 가르쳤고 현재는 중학생을 가르치는 중이다. 타종이 친 교실 안엔 아직은 체구가 작고 볼 빨간 녀석들이 어색한 침묵 속에서 새로운 담임 교사를 기다리고 있다. 하지만 이 정숙함은 아직 서로를 몰라서일 뿐, 얼마 지나지 않아 교실은 격투기장을 방불케 하는 소음이 넘치는 곳으로 변모할 것임을 난 알고 있다.

긴장과 호기심에 가득 찬 눈빛들이 내 쪽으로 집중되는 순간 자연스럽게 입을 연다. 간략한 나의 소개와 안내 사항을 전달하지만, 아직 아이스는 브레이킹 되지 않는다. 중요사항을 어느 정도 전달한 상황에서 노련한 프로의 유머를 중간중간 넣어 아이들의 긴장을 완화한다.(아이들 배꼽 정도는 인정사정없이 빼 버릴 수 있다.)

첫인상이 중요하다. 간결하고 명확하게 목표를 제시해야만 한다. 하지만 경직되지 않게 경쾌하게 전달하며 공기의 변화를 읽는다. 아이들에게 기대에 찬 옅은 들뜸이 보인다면 첫 만남은 성공이다. 이걸 한 주 동안 전체 반을 돌며 반복하면 그해를 보낼 기초 공사는 잘 다졌다고 볼 수 있다.

부끄러운 일이지만 몸도 마음도 지친 해에는 새로운 아이들과 다시 처음부터 시작하는 일이 시시포스의 형벌처럼 느껴질 때가 있다. 특히나 전 해에 사건 사고가 많이 터져 진이 빠졌을 때는 더더욱 그렇다. 교육은 반복하고 기다려 주는 일이 전부라 지치면 끝이다. 다행히 이번 겨울은 휴식을 취

일상으로의 초대전

하며 잘 보낸 것 같아 시작하는 마음이 한결 가볍다. 이젠 평소 나의 리듬인 느리지도 빠르지도 않은 속도로 아이들과 희로애락을 함께 하는 일만 남았다.

겨울 연수 중 한 꼭지를 맡은 교감 선생님의 떨리던 목소리에 다들 잠시 울컥했었다. 마이크를 넘어 그녀의 진심이 느껴졌기 때문이리라.

"교사 생활을 하면 할수록 익숙해지기보다는 두려워졌습니다. 일선에서 고생하시는 선생님들의 보이지 않는 노력을 잘 알고 있기에 이 자리를 빌려 응원의 말을 전합니다."

보일 듯이 보이지 않는.

봄에 피는 꽃다지는 햇볕이 잘 들어오는 곳이라면 토양과는 관계
없이 잘 자란다는 생육 특성이 있다. — N 지식백과 중에서

일상으로의 초대전

19. 수업에 들어가며

"여러분, 미술을 좋아합니까?"

또랑또랑한 눈에 웃음기 가득한 아이들을 앞에 두고 일부러 한 호흡 느리게 서두를 뗀다. 나의 느긋한 말투가 오히려 아이들의 애간장을 태우고 집중을 잘 시킨다는 말을 들은 적이 있어 급할 때도 모르는 척 즐기기도 한다. 평소 흥분의 정도가 강—강—강인 아이들에게 체력으로 이길 수 없다면 태극권의 고수 같은 유연함이 최선이다.

운이 좋게도 교직 생활의 절반은 미술을 좋아하는 여학생들을 가르치며 하고 싶은 수업을 할 수 있었다. 그곳에서도 나름대로 말 못 할 고충들이 있었지만, 수업적인 측면에선 내가 미술 교사라는 자각을 매일 할 수 있었으니 축복이었다고 생각한다. 하지만 지금은 스파르타의 후예들을 양성하고 있어 교실 앞에서부터 호흡을 가다듬고 들어가지 않으면 페이스를 잃기에 십상이다.

체감으론 60% 이상의 남자아이들이 체육수업을 제일 좋아하는 과목으로 꼽는다. 나 역시 그 나이 때는 그랬으니 당연한 사실로 받아들인다. 다행히도 미술을 좋아하냐는 나의 질문에는 내가 앞에 있어서인지 호감 어린 대답들이 많이 나온다. 하지만 내가 누구인가. 교묘하게 질문을 바꿔 미술을 싫어하는 거지, 선생님이 싫다는 말은 아니니 눈치 보지 말고 대답해 보라고 유도하면 하나둘씩 손을 드는 아이들이 나온다. 그 이유는 매우 단순하다. 자신이 그림을 못 그린다고 생각하기 때문이다. 아이들과 나의 수업은 여기서부터 시작되어야 한다.

자신을 표현할 수 있는 수많은 방법이 있다. 미술은 자신이 누구인지 이해하는 것에서부터 시작해야 한다. 그 이해가 바탕이 돼야 아웃풋이 풍성하게 나올 수 있기 때문이다. 그림을 잘 그리고 못 그리고는 나중의 문제이기에 이해시키는 일에 많은 시간을 할애한다.(나조차도 아직 그림을 잘 못 그린다는 사실은 아이들에게 함구하고 있다….)

첫 시간은 미술 교사로서 제일 좋아하는 시간이다. 그 이름은 천하제일 허언증 대회. 그냥 자신을 소개하는 일은 이미 해 봤을 테니(놀랍게도 쑥스러움 없이 다들 잘하는 편이다.) 미술적인 상상력을 발휘해 한껏 자신에 대해 허풍을 치고 그것을 하나의 이미지로 그려 보는 시간을 말한다. 내가 예시를 들수록 토하는 척하는 아이들, 책상을 두드리며 까르륵대는 아이들 모두가 몸을 들썩이며 기분 좋은 들뜸을 보인다.

그림은 잘 그리면 잘 그리는 대로 못 그리면 못 그리는 대로 즐기면 된다. 아이들이 자신의 이미지를 표현하는 데 어려움을 느낀다면, 그때 적절히 개입하며 몰입을 깨트리지 않게 도와주면 잘 이루어진 수업이라 생각한다.

아이들에게 이야기한다. 너희는 예술가가 되지 않을 것이니 실기에 스트레스받을 필요가 없다고, 하지만 상상력이 빈곤한 사람이 된다면 그건 안 된다고 말이다. 아이들은 그냥 흘려듣는 법이 없다. 왜냐며 질문을 던지는 아이들에게 농담 같은 대답을 던져 준다.

"그런 사람은 재미가 없잖아~"

내 그림부터 고쳐 줘요, 미술의 신~

20. 무릎의 상처가 딱지로 아물 듯

이상한 소리에 옆자리를 쳐다보니 여교사가 눈시울이 붉어진 채 코를 훌쩍이고 있었다. 의아해하는 내 시선을 느끼고는 멋쩍어졌는지 웃는다. 누가 우리 선생님을 울렸는지 혼내 주겠다고 싱거운 농담을 건네자, 책을 보다가 그랬다고 한다. 가만히 내 쪽으로 넘겨주는 책을 보니 '무릎 딱지'라는 제목의 동화책이었다.

표지를 보니 친근한 느낌의 개구쟁이 아이가 눈에 들어왔다. 자세히 보니 아는 작가는 아니었지만, 그림 스타일은 내가 좋아하는 삽화가 장 자끄 상뻬의 그림을 닮았다. 어릴 적 나는 상뻬에 얼마나 빠져 있었는지 『꼬마 니콜라』에 실린 그

일상으로의 초대전

의 삽화에 반해 틈날 때마다 책을 읽고 따라 그렸다. 그러다 책이 손상되어 버릴 만한데도 종이를 펴고 테이프로 붙여 가며 읽었다.

시간이 지나 이런저런 이유로 『꼬마 니콜라』가 자연스레 내 기억에서 잊힐 무렵, 우연히 『좀머 씨 이야기』란 책에서 그의 그림을 다시 만났다. 시간은 흘렀어도 변함없는 상뻬의 그림이 나를 다시 니콜라를 좋아했던 그 시절로 돌려놓았다. 그림책엔 분명 마법이 있었다.

책의 작가 샤를로트 문드리크라는 이름이 낯설다. 잠시 내가 아는 동화책의 작가가 얼마나 되나 떠올려 보니 이는 당연했다. 최근 알게 된 작가로는 앤서니 브라운과 유키노 유미코밖에 없었고, 이 또한 아이들 덕분이니 사실 웬만한 동화 작가는 내게 새로운 것이다. 책의 삽화가는 또 다른데, 삽화가 올리비에 칼레크의 그림을 보면 내 아이에게 보여 주고 싶을 정도로 귀엽다.

하지만 **"오늘 아침에 엄마가 죽었다, 사실은 어젯밤이다."** 라는 이 동화의 첫 문장엔 고개를 갸웃하게 된다. 까뮈의 '이 방인'을 오마주한 건가라는 생각에 천천히 읽어 봤다. 동화 같은 가벼움은커녕 페이지마다 느껴지는 심각함에 표정은 점점 굳어져 간다.

주인공 꼬마의 독백으로 시작되는 글은 엄마를 잃고 화가 난 아이의 심정을 묘사한다. 투병으로 몸이 아파 마지막을 준비하는 엄마는 남겨질 아이에게 상황을 설명해 주지만 아이는 이해하지 못한다. 부정하고 투정 부리며 못된 소리도 한다. 슬프게도 엄마는 희미한 미소도 짓지 못하고 아이는 운다.

그렇게 엄마가 세상을 떠난 후 죽음의 무게를 알지 못하는 아이는 일상에서 엄마의 기억을 찾는다. 무릎에 상처가 나면 걱정하고 치료해 주던 엄마의 목소리가 들리기에 딱지를 긁

110

어내 피를 더 내기도 하고, 엄마의 냄새가 새어 나가지 않도록 집안의 창문을 닫기도 한다.

할머니에게 투정도 부리지만 슬픔에 빠진 아버지와 할머니를 자신이 돌봐야 한다는 어른스러움엔 가슴이 미어진다. 견디기 힘든 슬픔으로 너무 빨리 어른이 되어 버린 아이. 이 설정은 『나의 라임 오렌지 나무』의 주인공 제제를 떠올리게 한다.

죽음이라는 주제. 그것도 어린아이가 사랑하는 사람의 상실을 겪어야 한다는 비극은 이미 제제를 통해 간접 체험했지만, 적응은 불가능한 건지 이 아이는 다시 한번 눈물샘을 자극한다.

아이가 성장하며 죽음이라는 단어를 알게 될 때쯤 부모에게 꼭 하는 질문이 있다.

"엄마도 아빠도 나중엔 죽는 거야?"

아이는 죽음이 뭔지 알 수 없지만, 밤이 되면 어두운 방에서 눈을 감는 게 무섭듯 죽음도 막연히 두렵다. 기억(의식)이 끊기는 일. 내 곁에 늘 나를 지켜 주는 사람이 언젠간 죽음이란 말로 사라진다는 사실을 받아들이기 어렵다.

어린 시절의 나 역시 같은 질문을 어머니께 드렸다. 어머니의 대답은 기억이 안 나지만, 우는 나를 안아주며 달래주셨던 따뜻한 느낌은 기억난다. 어머니의 포옹 하나로도 나는 이미 죽음이란 단어를 잊게 된 것이다.

인간이 성장을 위해 마주쳐야 할 몇 가지의 필수 요소가 있다. 애정, 결핍, 상실 등.

그중 아이에게 상실을 어떻게 대면해야 하는지 가르쳐 주는 일이 제일 어렵다. 누구나 겪는 일이며 이겨 낼 수 있다 설명하고 싶지만, 실상은 그리 쉽지 않다. 예전 미술 심리상담 치료를 공부하며 우울증이 있는 가족과 상담을 한 일이 있었다. 그들은 가족처럼 키우던 애완동물이 무지개다리를 건너자, 그 슬픔으로 온 가족이 길고도 깊게 아파했다. 그만큼 성인도 받아들이기 어려운 죽음을 어린아이에게 이해시키기란 가혹하며 쉽지 않은 일이다.

그런 의미에서 이 동화는 아이의 성장을 위한 좋은 선택지가 될 수 있다. 본래 죽음과 상실이라는 주제는 부모와 아이가 이야기를 나누기 불편하고 무거운 소재다. 하지만 책을 통해 엄마가 아이에게 죽음의 의미를 설명해 줄 수 있다면, 그 나름의 큰 의미가 생길 수 있는 것이다.

또한 엄마는 모성애를 다시 한번 생각하고, 아이는 존재 자체가 당연했던 엄마가 현재 내 곁에 있다는 사실에 감사한 안도감을 느낄 수 있다. 슬픔이 꼭 나쁜 것만은 아니다. 슬픔을 이해하고 받아들였을 때 오히려 인간은 성장한다.

기억하라.

일상으로의 초대전

21. 양희은 정신

화장실을 나오는데 숙직과 청소를 담당하는 주사님이 황급히 나를 부르신다. 이분은 연세에 비해 열정이 넘치다 보니 본의 아니게 아이들과 트러블도 종종 겪는다. 예를 들면 지나가는 아이들을 세워 놓고 예절 교육도 가끔 하시다 무시하거나 대드는 아이들에게 속이 상해 교사들을 붙잡고 하소연을 반복하곤 하신다.

아니나 다를까 그분의 작은 체구에 다 담기지 못해 넘쳐나는 불만이 나를 향해 쏟아진다. 휴지를 다 바닥에 풀어 놓고 치우지 않는 녀석들의 사례로 시작된 이야기는, 어떤 놈은 하다 하다 기저귀까지 좌변기 근처에 숨겨 놓아 청소하는 데

애를 먹었다는 불평으로 단숨에 절정까지 치닫는다.

그런데 이 이야기를 듣자마자 아차 싶은 게 있었다. 신입생 수업을 담당하는 선생님에게만 공유가 된 사실이 있는데, 신입생 중 하나가 신장에 문제가 있어 소변 줄을 달고 있으며 그로 인해 기저귀를 차고 생활을 해야 한다는 것이다. 상황을 통해 짐작건대 아이는 화장실에서 기저귀를 갈아입다가 밖에 친구들의 인기척이 들리자 보이기 부끄러운 마음에 구석에 기저귀를 숨겨 둔 것 같았다.

점점 감정을 고조시키는 주사님께 말을 끊지 않는 선에서 사정을 설명해 드리고 아이의 담임 교사를 찾았다. 필요 이상의 개입은 월권이기에 내가 짐작한 바만 간략히 전달했다. 다행히도 상황 판단이 빠른 담임 교사는 아이가 상처받지 않도록 배려하는 상담으로 해결 방법을 모색했다. 중간에 끼인 나는 기저귀를 편하게 숨길 수 있도록 끈으로 조이는 검은색 에코백을 하나 선물해 주곤 고개를 돌리는 것으로 마무리했다.

일상으로의 초대전

알고 나면 이해 못 할 일이 그리 많지 않을 것으로 생각한다. 어떻게든 잡아내 공중도덕을 가르쳐 줘야 할 녀석이, 어느새 어린 나이에 얼마나 힘들었까라는 연민의 대상으로 변모된다. 혹시라도 붙잡혀 시간을 뺏길까 교사들조차 피하는 교직원은 알고 보면 오랫동안 외로이 아내의 병시중을 들어왔으며, 현재는 사별 후 누군가라도 대화를 나눌 사람이 필요한 외로운 노인일 뿐이다.

학기가 바뀌자 새로운 교사가 내 옆에 자리했다. 논리와 이성이 근간인 과목을 가르치는 그는 의식하진 못하겠지만 혼잣말을 자주 한다. 재밌게도 대부분은 자신의 이해 범위를 벗어나는 일에 대한 방백이다. 나는 이럴 때 떠오르는 사람이 있다. 원색의 화려한 안경테와 앙다문 입술이 매력인 그녀. 그녀의 유행어 아닌 유행어를 속으로 따라 해 본다.

"그럴 수 있어~"

넌 이름이 뭐니?

일상으로의 초대전

22. 그대의 시간은 다르게 흘러간다

코로나 확진으로 재택근무를 하려다 보니 온라인으로 출퇴근 도장을 찍을 일이 생겼다. 나이스라고 불리는 온라인 교육행정 시스템에 접속해 출퇴근 버튼을 누르기만 하면 되는 간단한 일이지만, 오랜만의 접속으로 인해 여러 개의 보안 프로그램 설치가 필요했다.

별일 아닌 것 같은 그 일에만 삼십 분에 가까운 시간을 들여야 했다. 동시에 안 좋은 몸 상태만큼이나 바닥에 가까워진 인내심을 달래야 하기도 했다. 설치하면 컴퓨터를 재시작하고 비밀번호를 다시 맞추고 팝업 차단 설정을 해지하고 다시 첫 화면으로 가서 접속하는 일을 반복했다. 마치 영국의 한 대학에서 어디까지 사람을 번거롭게 만들어야 화를 내는지 나를 대상으로 몰래 실험하는 것만 같았다.

우여곡절 끝에 출근 도장을 찍은 후 다른 사람들의 근무 상황을 찾아보았다. 혹시나 내가 모르는 확진자가 또 있을지 확인차 들어가 보았는데 다행히도 확진자는 나뿐이었다. 다만 적지 않은 인원들이 다양한 용무로 출장을 나가 있었는데, 집에만 있어야 하는 나는 밖에서 벌어지는 일들이 괜스레 특별하고도 바쁘게만 보였다.

작업실에 틀어박혀 살던 시절에는 문밖의 사람들이 참으로 안타까워 보였다. 새벽같이 일어나 만원 전철의 안과 꽉 막힌 도로 위에서 인생을 죽이고 있다 생각했다. 불합리한 레이스에서 한 발짝만 벗어나면 끝이 안 보이는 경쟁을 피할 수 있다고 생각했던 나는, 그들이 자유의지가 없다고 여겼다. 정작 개개인이 당면한 삶의 무게는 단 하나도 느끼질 못

일상으로의 초대전

하고 말이다.

반대로 취직했거나 나름의 밥벌이를 잘하고 있는 지인들이 위문차 작업실에라도 방문하면 날 그리도 짠하게 보았다. 이렇게 추운 곳에 어찌 사냐, 화장실이 밖에 있는 게 안 불편하냐, 이 방에서 어떻게 잠을 자냐는 등 그들의 눈으로 본 나는 사회 부적응자에 루저였다.

안빈낙도를 모르는 속물들아, 나는 너희보다 잘살고 있다고 외쳐 봐도 그들은 나를 이해할 수 없었다. 그럼에도 마지막엔 네가 세상에서 제일 속 편하게 사는 것 같아 부럽다는 말들은 잊지 않고 했던 것을 보면, 개미와 베짱이의 교훈은 나와 그들 모두가 잊고 살았던 것 같다.

지금은 내가 원했던 삶의 모양과는 다르게 살고 있지만, 이 또한 내가 바라던 행복의 모습이란 것을 알게 되었다. 그리고 내가 이렇게 남들처럼 평범하게 살기를 간절히 원했던 사람들이 있었다는 것도.

얼마 전 커피를 마시며 연초를 태우던 선배 교사들이 이런 대화를 나눴다.

"아휴, 직장인들은 어떻게 회사 생활하는지 몰라. 그냥 교사가 속 편하고 좋지."

"모르는 소리 말아요~ 밖에서는 다 교사들 불쌍해서 어떡하냐고 측은하게 여겨요. 연금 하나 바라보기엔 박봉에 되바라진 아이들, 무례한 학부모 때문에라도 빨리 그만두는 건 지능 순이라는 말도 도는데요, 뭘."

우리의 사고는 머무는 공간에 매몰되기 쉽다. 그렇기에 밖으로 밖으로 향해야 한다. 나는 격리를 벗어나야 한다. 집에서도 과거에서도.

늘 보는 집 앞 그 오리.

23. 해 주고 싶던 말

"선생님~ 오늘따라 멋져 보이십니다."

"응, 너는 오늘따라 왜 못생겨 보이나 했더니 마스크를 안 썼구나. 얼른 마스크 써라."

나이답지 않은 능청스러움으로 늘 농담을 건네는 아이. 이 녀석은 잦은 흡연으로 종종 교무실에 붙잡혀 와도 반성 아닌 반성을 잘한다. 혼나고 난 뒤엔 주눅 드는 일도 없이 언제 그랬냐는 듯 학교의 곳곳을 쑤시고 다닌다. 작년엔 가출로 인해 학교에서 한동안 얼굴을 볼 수 없었다. 올해는 무슨 심경 변화가 생긴 건지 수업에도 곧잘 참여하고 웃음도 전보다 많

일상으로의 초대전

아졌다.

나는 아이들 성향에 따라 상대하는 말을 다르게 하는 편이다. 보통 이런 아이들은 조금 짓궂은 농담을 건네면 오히려 교사와 친밀감을 강하게 느낀다. 녀석은 쉬는 시간마다 상담실 앞 소파에 누워 휴대전화 보는 것을 좋아한다. 그냥 지나가기 뭐해 농담이라도 한번 하면 졸졸 따라와 매점에서 이거 사달라 저거 사달라 애교를 부린다. 못 들은 척 같이 장난도 치지만, 이야기를 나눌수록 아이 내면의 커다란 구멍이 느껴져 내 마음에도 횅한 바람이 불어온다.

하루는 동료 교사에게 그 아이에 대한 소식을 전해 들었다. 엊그제 아이가 큰일을 겪었는데 너무 안타깝다는 말. 그 말을 듣고 하루가 지난 후에도 오랫동안 녀석을 생각했다. 아직은 어린 나이에 커다란 슬픔을 어떻게 감당할 수 있을지. 떠다니는 상념에 수업 중 장난을 치는 학생들을 보면서도 생각은 다른 곳에 있었다. 형광등이 빼곡한 교실 안은 온기 없이 시퍼런 기운만 가득해 생각이 길을 잃게 했다.

내 어머니가 육체의 병듦으로 정신까지 조금씩 무너지던 어느 날, 수업 중 오랫동안 울리던 전화를 받았다. 보통은 무음으로 바꿔두고 쉬는 시간에 전화를 걸지만, 무슨 예감인지 안 받을 수 없었다. 전화 속 울먹이던 친형의 목소리가 왜 그리 무섭던지. 어떤 정신으로 병원의 영안실까지 차를 운전했는지 모르겠다. 도착한 뒤 그 서글펐던 장면들은 죽는 날까지 잊을 수 없을 것 같다. 그 후 가끔은 울고, 또 실없는 일에 웃으며 살다 보니 벌써 몇 년의 시간이 흘렀다. 하지만 아직 여러 곳에서, 그리고 보통의 일상적인 대화에서도 어머니의 부재를 가슴 아프게 느끼는 것을 보니 나는 아직 어머니를 온전히 보내드리진 못한 것 같다. 어머니, 나의 어머니.

녀석은 일주일이 지난 후 학교로 돌아와 쭈뼛거리며 의자에 앉았다. 준비물을 안 가져왔다는 구실로 아이를 밖으로 불러내 말을 건넸다. 얼굴이 푸석해 보여 짠한 마음에 밥은 먹었는지 기분은 어떤지 물어보았다.

그 어떤 말로 위로할 수 있을까. 묻지도 않은 내 경험을 주

일상으로의 초대전

절주절 이야기하다 어깨를 두드려주고 돌려보냈다. 해 주고 싶던 말이 많이 남았지만, 시간만이 해결해 주는 일이라는 것을 알기에 나는 그 후로는 더는 아이에게 티를 내지 않았다. 하지만 녀석 특유의 능글맞던 표정과 농담은 그날 이후로 멈췄다.

나는 아이에게 무슨 말을 하고 싶었던 것일까. 잠시 틱낫한 스님의 말을 떠올렸다. 나뭇잎은 나뭇잎일 뿐이지만, 깊이 들여다보면 거기서 많은 것을 볼 수 있다고 스님은 말씀하셨다. 나뭇잎에서 나무를 볼 수 있고, 햇빛을 볼 수 있고, 구름을 볼 수 있고, 흙을 볼 수도 있다. 나뭇잎이 아닌 요소들을 모두 치우면 나뭇잎은 남아 있지 않을 것이다. 우리는 다른 존재들과 같지 않지만, 그렇다고 그것들과 떨어져 있지도 않다. 우리는 모든 것에 연결되어 있고 모든 것이 우리 안에 살아 있다.

가끔 우리 집 아이들과 찍은 사진을 바라보면 내 얼굴 속에서 어머니의 얼굴이 보인다. 그리고 아이들의 웃음에서도 어머니가 보인다. 삶은 이렇게 계속 이어지고 있었다. 그 아이는 이 사실을 알 수 있을까.

　수업 종이 울린 지 한참 지났는데 복도 게시판 앞에 서 있는 아이를 보았다. 녀석은 고등학교 홍보 포스터를 보고 있었다. 어느 학교로 진학할지 정했냐고 묻자, 멀지 않은 학교로 가고 싶다고 말했다. 나는 아이에게 몇 군데 학교를 추천하곤 얼른 교실로 들어가라며 엉덩이를 차 줬다. 아마도 더는 위로할 일이 없을 것이다. 그저 자신이 이미 기적이라는 사실을 늦지 않게 깨닫길 바랄 뿐이다.

지금은 그럴지라도.

24. 설득의 기술

점심시간에 복도를 순회하던 중 잠시 교실에 들렀다. 평소라면 급식실에서 점심을 먹거나 급식 지도를 하고 있을 시간이지만, 코로나 확진 후 2주 전부터 혼자 간편식으로 끼니를 해결했기에 가능했던 일이다.

어수선한 책상들을 정리하러 들어간 교실에는 식사는 안하고 사각에 숨어 휴대전화로 게임을 하는 아이들이 있었다. 이런, 우리 학교 아이들이 점심을 거르는 경우는 딱 두 가지뿐이다. 아프거나 매점에서 배를 채웠거나. 그런데 아무리 봐도 이 녀석들은 전자의 경우가 아니었다.

교실의 불을 켜자 화들짝 놀라는 아이들에게 빨리 밥 먹으러 안 가냐고 호통을 쳤다. 명확한 행동을 요구하는 일에는 잘못을 인지시킬 겸 행동의 교정을 위해 평소보다 높고 큰소리를 낸다. 이는 평소 낮은 목소리의 선생님이 잘못에는 단호하다는 모습을 보여 주려는 일종의 연출이기도 하다. 긴 설명보다는 짧고 단순한 메시지의 전달이 서로에게 편하지 않은가.

그런데 아니다. 예전엔 맞고 지금은 틀리다. 이 아이들은 무려 삼 년이라는 긴 시간 동안 원격 수업을 겪은 아이들이다. 사회성 부족과 예절 교육의 부재란 말로는 이들을 설명하기에 부족하다. 매해 새로운 개념으로 업그레이드된 아이들을 만나지만 요 작은 녀석들은 내 예상을 크게 상회한다.

급 불손한 태도로 자리에서 미동도 없는 녀석들은 되려 내게 질문을 던진다.

"왜요? 먹기 싫어서 안 먹는 건데요?"

"저희가 돈 내고 안 먹는 건데 안 먹어도 되잖아요~"

세 쌍의 눈이 나를 쳐다본다. '안 먹겠다는데 네가 어쩔 건데.'라는 눈빛에 헛웃음이 나온다. 너무 귀여워서 아주 심하게 깨물어 주고 싶다는 마음이 스쳐 갔다는 게 내 인격적인 흠을 드러냈을 뿐, 이 녀석들은 늘 그래 왔다는 듯 태연자약하다. 그래, 이제 내 시간이구나 싶어 조금은 위압적인 방법으로 아이들을 모은다.

"너희들 학교에서 벌어지는 모든 일을 교육 활동이라고 부르는 것은 아니?"

"그런데요?"

"자 보자, 급식 시간에 선생님들이 너희들 급식지도 하시지? 본인 식사도 미루시고?"

"그런데요?"

일상으로의 초대전

"그건 식사도 교육이라는 뜻이야. 너희들은 급식을 영양사 선생님이 그냥 느낌 가는 데로 만든 것으로 여기겠지만 이미 학기 초부터 재료 및 열량, 종류를 미리 계획하고 교육청에 보고까지 한 노력의 결과물이야. 이는 부모님들께도 안내가 되는 사실이며 심지어 음식의 유행까지 반영하며 만들지. 왜? 너희들이 좋아해 주고 잘 먹길 바라거든."

"……."

"또한 점심시간이 정해진 이유는 너희들이 언제 식사를 마쳐야 학습 활동에 지장이 없을지, 성장기의 아이들에게 적당한 식사 시간은 어느 정도인지, 또 저녁 식사까지의 간격은 적당한지 계획되어 만들어진 거라고. 너흰 그걸 멋대로 판단하고 결식까지 한 거야. 이건 수업에 빠진 것이랑 동급이란 거 알고는 있어?"

"……아니요."

"그럼 이제 알았으니 밥 먹으러 갈래, 아님 본 교무실로 가서 이야기 좀 더할까?"

"급식실로 갈게요~"

떠나가는 아이들의 표정을 보니 그리 잘 알아들은 것 같지는 않다. 다만 아이들에게 지금의 내 표정과 오늘의 분위기를 오래 기억시키기 위해 조금은 과장되게 행동했다. 당장은 이해를 못 하는 아이들의 반발심만 키울지라도 해야 할 것은 해야 하는 것이 이 직업의 고통 중 하나이다. 아이들을 가르치는 일은 내 성격과는 다르게 아주 멀고도 길게 봐야만 하기 때문이다.

그나저나 위의 글처럼 잘 전달돼야만 할 말을 빠른 속도로 토씨 하나 틀리지 않고 할 때면 내게 연기자의 기질이 있는 건 아닌지 심각한 의심도 든다. 이참에 확 그만둬? 아니다. 벌써 컨디션이 급 떨어진 것을 보니 내 몸뚱이는 할리우드급 메소드 연기를 감당하기엔 너무 하찮다.

영민한 아이들을 가르치는 데는 여러 가지 기술도 필요하겠지만, 본질적으론 얼마나 교사의 말에 설득력이 있는가에 따라 교육의 성패가 달려있으리라 생각한다. 단순히 지식으로만 비교한다면 나는 검색창과 Chat GPT를 이길 수 없다. 하지만 내가 이 자리에 있는 이유는 나름의 교육관을 대사 삼아 좋은 연기를 할 수 있는 배우이기에 캐스팅이 된 것이다. 따라서 나라는 배우는 맡겨진 배역에 최선을 다해야 한다.

스승의 날이 곧 다가온다. 졸업한 아이들이 찾아오겠다고 연락이 오는 것을 보니 그들에겐 아직 내 역할이 남아 있는 것 같다. 이제 남자 녀석들은 지겨우니 오지 말고 알아서 살라고 말해도 찾아오는 제자들이다. 말은 그리했어도 기특한 마음에 뭔가 준비라도 해야겠다 생각했다. 날이 좋아 창밖을 쳐다보니 괴성을 지르며 축구하는 아이들 사이로 매점이 보인다. 아, 이놈의 매점.

신기하다. 졸업하면 사람 되어 돌아온다.

25. 인디언 썸머

덥다. 이 더위를 설명할 그 어떤 표현도 떠오르질 않는다. 아스팔트를 뚫고 오르는 열기와 위에서 누르는 듯한 뜨거움이 땅 위의 모든 것들을 압착하는 중이다. 가슴팍과 목덜미로 흘러내리는 땀이 내가 지구라는 거대한 기계에 착즙 당하고 있다는 망상까지 하게 만드는 것을 보니 폭염이 무섭긴 무섭다.

이렇게 더운 여름엔 집을 벗어나지 않는 것이 현명한 선택일 수도 있다. 비싼 돈을 들여 숙소를 예약하고 차 막히는 시간을 피하려 새벽부터 피서지로 출발하는 일은 휴식의 개념에는 어울리지 않는다. 그럼에도 우린 여름휴가를 떠난다.

이 무더위와는 다른 의미로 숨 막히는 일상을 피하려면 낯선 환경만큼 좋은 것이 없기 때문이다. 그 낯선 환경이 바닷가와 계곡, 또는 에어컨이 쉬지 않고 나오는 호텔이라면 적응도 필요 없다. 그냥 즐기면 되니 우리는 과정의 고단함은 잊은 채 매년 어디론가 떠나려 애를 쓴다.

나는 피서지로 바다가 가까운 지역을 선호하는 편이다. 여름에만 볼 수 있는 바닷가 특유의 분위기를 좋아하기 때문인데, 여름 바다엔 근심과 걱정이 보이질 않는다고 말하면 쉽게 공감이 될지도 모르겠다. 작열하는 태양, 구릿빛으로 검게 그을린 사람들, 눈이 부신 바다. 그리고 끊이지 않는 웃음들.

이번 여름은 가족과 워터 파크를 다녀왔으며 아내의 성원에 힘입어 친구들과 2박 3일 동안 경주 여행을 했다. 짧지만 강렬했던 휴가를 떠올려 보니 아직도 설레는 마음이 간지럼을 태우듯 올라온다. 이렇게 충전된 에너지가 있으니 남은 반년을 잘 보낼 수 있을 것이다.

일상으로의 초대전

인디언 썸머라는 말이 있다. 원래의 의미로는 북아메리카에서 겨울이 시작되기 직전에 나타나는 고온 현상을 뜻한다. 그러나 뜻밖의 성공 또는 만년에 맞이하는 평온한 시간을 의미하기도 한다. 추운 겨울을 대비하는데 갑자기 며칠간 따뜻한 날씨를 맞이하게 된다면 그 마음이 어떨지는 쉽게 짐작할 수 있다.

2주라는 짧은 시간 동안 나는 인디언 썸머를 경험했다. 요즘 뉴스에서 보이는 소란함이 일상인 나에겐 개학을 두려워하는 마음이 있었다. 그 추위 같은 두려움을 맞이하기 전 잠시 허락된 휴가는 허약한 멘털의 소유자에겐 큰 위안이 되었다.

일상으로 돌아와 책상 앞에 앉아 글을 쓰는데 창밖엔 매미가 울고 있다. 학교의 아이들처럼 무슨 할 말이 그리 많은지 아침부터 시끄럽다. 하지만 이 소란함이 시끄러움이 아닌 때가 여름 아니던가. 그나저나 이 지독한 무더위는 언제쯤이나 익숙해질지 모르겠다. 이렇게 나의 여름은 또 한 번 지나가고 있는데 말이다.

멤, 멤, 멤, 메~

26. 그런 슬픈 표정 하지 말아요

　전화를 걸기 전 망설이는 시간이 길어진다. 학부모와의 통화는, 특히 좋지 않은 일로 연락할 때는 더욱 그렇다. 예상되는 부모의 고충을 끝까지 들어줄 준비가 돼 있어야 하기에 시간은 충분한지, 내가 할 말은 잘 정리가 되어 있는지 점검을 마친 후 전화기를 든다.

　차분한 목소리로 벌어진 사건에 대해 말을 꺼내자 수화기 너머 비명에 가까운 소리가 들린다. 믿을 수 없다는 되물음에 재차 사실 관계를 설명하니 학부모의 어딘가가 무너지는 듯한 소리도 들린다. 같은 방식으로 가해자와 피해자 학생의 부모님께 전화를 돌리고 나면 나 역시 멀쩡하긴 어렵다. 내 몸을 숨기기엔 턱없이 작은 의자에 앉아 걱정하는 동료들의 눈길을 피해 나는 말없이 모니터만 본다.

———

교사는 좋은 직업이다. 아이들의 인생에 긍정적인 영향을 끼칠 수 있는 직업이 얼마나 되나 자문해 본다면 답하긴 쉬워진다. 그럼에도 요즘의 난 내 직업이 조금씩 버거워짐을 느낀다.

뉴스에서 종종 보도되는 학교 폭력 관련 기사가 남의 일이 아니다. 아니, 보도만 되지 않았을 뿐 전국에서 벌어지는 사건들의 수치를 연수자료에서 확인해 보면 일상의 한 부분이 된 지 오래다. 요즘의 학교는 점점 무언가 중요한 기능을 잃어가고 있는 것만 같은데, 차라리 선생님에게 매 몇 대 맞고 끝나던 시절이 그리워진다면 내가 무책임한 교사일까.

익숙해졌다고 생각할 때면 늘 내 예상을 넘어서는 일들이 벌어져 분노, 배신감, 죄책감, 황망함 등 이루 말할 수 없는 감정에 휩싸이는 나를 본다. 특히나 특수강도, 절도, 성폭력 관련 일을 겪으면 내가 지금 어떤 아이들을 가르치고 있던 건지 심각한 회의가 들 때도 있다. 이건 아이들이 벌일 일들이 아닌데 라고 반문하는 내가 우스워지는 건 기분 탓이 아니다. 요즘의 아이들은 두려운 것이 없고, 지금의 나는 그 사실을 두려워한다.

소리에 놀라지 않는 사자처럼, 그물에 걸리지 않는 바람처럼 아이들을 대하려 노력해 왔다. 하지만 그런 나를 비웃듯 예상을 벗어난 일들이 몇 년째 나를 시험에 빠지게 했다. 바꿀 수 있는 것은 아무것도 없느냐는 질문은 하루하루가 이벤트의 연속인 교사에겐 사치다. 나는 당면한 과제를 일처럼 처리해야 할 뿐이다.

사건의 당사자들인 아이들은 분리 조치가 이뤄졌고, 교육청의 심의와 차후 부수적인 징계가 나오기 전 긴급 조치로 학급 교체가 이뤄졌다. 담임 교사인 나는 도대체 학급의 아이들에게 무슨 말을 해야만 하는 것일까.

조회에 들어가기 전 호흡을 가다듬고 교실로 들어갔다. 착잡한 기분에 엉망인 표정을 감추기 어렵다. 며칠간의 사태로 이미 대충 눈치를 챈 아이들은 평소와는 다르게 조용하다. 워낙 사안이 커 말할 수 없는 비밀이 되었지만, 나는 이 분위기를 수습해야만 한다. 격정이 좋을까, 담담함이 좋을까. 잠시의 고민이 무의미하게 느껴진 나는 디테일은 감추고 사건의 중함만을 전달했다. 짧은 몇 마디에 기운을 다 써 버린 나는 힘이 빠진 다리를 끌며 교실에서 빠져나왔다.

조회를 마치고 교무실로 향하는 나에게 평소 남자아이답지 않게 붙임성 좋은 한 아이가 복도를 따라오며 말을 건넨다.

"선생님 얼굴이 너무 힘들어 보이세요. 저희가 잘할게요. 죄송해요, 힘내세요."

"…그래, 고맙다."

일상으로의 초대전

아이의 말에 정신을 차리게 된다. 아직 포기할 때는 아니다. 아무래도 이번 주는 슬픈 표정 하지 않는 연습을 해야겠다.

뒷모습.

일상으로의 초대전

27. 분명 옳은 일이라 생각했는데

변명 (辨明)

명사

어떤 잘못이나 실수에 대하여 구실을 대며 그 까닭을 말함.

작년 내가 담임을 맡았던 한 아이가 있다. 이 녀석은 입학과 동시에 크거나 작은 사건 사고를 자주 일으켜 한 해 동안 내 속을 적잖이 썩였다. 몇 달 전 잠시 그 아이에 관해 물어볼 것이 있다는 올해 담임 교사의 질문과 하소연을 들었다. 대화를 나누다 보니 잊고 지내던 작년의 기억이 떠올랐다. 녀석의 악동 기질은 전혀 바뀌질 않았고, 오히려 여자인 담임 교사를 우습게 여기며 사춘기를 만끽하고 있는 것처럼 보였다.

물론 올해도 나는 수업을 통해 그 아이를 지켜보고 있다. 일 년 사이 덩치가 제법 커졌지만, 아직은 애라서 남자 교사를 무서워할 줄 안다. 게다가 나는 작년까지 자신을 많이 혼냈던 전 담임 교사이기에 눈치 보는 것이 느껴진다.

요즘 웬만한 수업재료는 다 갖춰 두지만, 개인이 가져와야 하는 소모품들이 있다. 녀석은 늘 준비물을 안 가져오거나 미술실로 들어와 옆자리의 친구들에게 빌리곤 한다. 지적받아도 잠시뿐, 반복되는 모습에 어떻게든 좋은 방향으로 태도의 변화를 만들고 싶어 잔소리도 종종 하게 된다.

이 핑계 저 핑계로 수업에 늦게 들어오는 일도 다반사다. 이유는 간단하다. 수업이 싫은 것이다. 때로는 화장실 핑계로, 또 어떨 때는 준비물을 찾느라 늦었다는 식의 이유로 수업 시간을 줄이고 또 줄인다. 그리고 수업 시간은 무기력과 산만함 사이를 줄타기하며 정처 없이 흘려보낸다. 내 경우엔 수업의 특성상 자유로운 분위기를 허용하지만, 녀석의 자유는 생각보다 범위가 넓다.

며칠 전 수업 시간 종이 울리고 아이들이 자리에 앉자 수업을 시작하려는데 녀석이 안 보였다. 아이들에게 물어보니 화장실 가서 늦을 것 같다고 친구들에게 말했단다. 요즘 수업권 보장에 대해 논의가 한창인데 대표적인 예가 수업 시간에 늦는 일이다. 무단 결과를 5분으로 제한할 것인지 10분으로 할 것인지, 그렇다고 11분이면 무단으로 처리할 것인지 등 소모적인 논쟁이 있었다. 여전히 학교는 교사의 수업권 보장과 학부모 민원의 피로감 사이에서 그 어떤 곳에도 힘을 실어 주지 못한 채 우왕좌왕하는 중이다.

수업이 한창 진행되는 중 25분이 지나고 나서야 녀석은 태연하게 미술실로 들어왔다. 아무런 말도 없이 자리에 앉는 당당한 태도가 제법 괘씸했다. 화를 누르고 이유를 물어보니 자신은 과민성 대장염이 있다며 당당한 표정을 짓는데 그 모습에 순간 평정심이 깨졌다. 아이를 세워 놓고 5분이 넘는 시간 동안 화에 가까운 잔소리를 했다. 그간 보아 왔던 모습과 지금의 상황에 대해 조목조목 화를 냈으니, 평상시의 내 모습과는 달랐다. 이쯤 되면 교육을 위해 그랬던 것인지 아이가 미웠던 것인지 나 자신도 대답하기 어렵다.

쏟아지는 소리 앞에 녀석은 물러서지 않고 짜증을 내며 눈물을 글썽였다. 아차 싶어 말을 줄이고 또다시 이런 일이 반복되면 무단 결과로 처리하겠다는 말로 마무리했지만, 자리로 돌아가는 녀석의 표정은 불만이 가득해 보였다. 하지만 이미 화가 날 대로 난 나는 아이의 그 모습조차 연기처럼 보였다는 것이 시간이 지날수록 나를 찔러댔다. 내가 정말 가르치고 싶었던 것은 이런 것들이 아니었다….

일주일이 지났지만, 그 장면은 오래 그리고 자주 내 눈앞을 지나갔다. 그리고 나는 한밤중 집 밖으로 나가 달리기는 일에 열중했다.

가끔 거울을 보면 메마른 표정의 낯선 내가 서 있다. 그 나무껍질 같은 표정의 질감을 학교의 아이들도 그리고 내 아이들도 느낄지 모른다는 생각이 해충처럼 나를 갉아 먹었다. 자책이란 이름의 벌레는 끊임없이 내가 학교에 있는 것이 맞는 건지 서걱대는 소리로 베개 밑을 기어다녔다.

복도에서 인사를 하는 아이 중 애써 나를 외면하며 지나치는 녀석이 보였다. 고무 가면을 쓴 듯 어색한 표정을 보니 그 아이가 바라봤을 내 표정도 어땠을지 알 것 같다. 이 위태로운 감정선을 이어나가며 줄을 감고 풀어 나가야 하는 나는, 가끔 '망망대해에 홀로 표류하고 있구나.'라고 느낀다. 작열하는 태양 아래 바람 한 점 없는데, 바닥에 물이 차오르는 작은 배는 제자리만 맴돌고 있다.

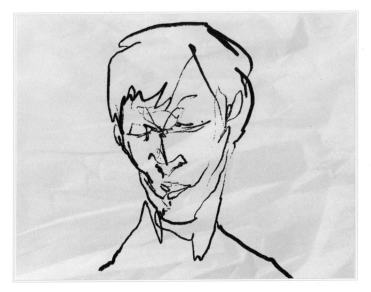

무제.

일상으로의 초대전

28. 노총각의 결혼식

　한동안 뭐 하고 사는지 소식이 뜸했던 전 동료 교사가 카톡을 보냈다. 화면을 보니 사전 예고도 없이 도착한 모바일 청첩장. 아…. 이런 양심도 없는 양반 같으니. 내 결혼식 때도 가타부타 말도 없이 불참하더니 몇 년이 지나 자신의 청첩장을 카톡으로 떡하니 보냈다. 다른 사람 같으면 어이가 없었을 텐데 총각 시절 워낙 친하게 지냈던 사람이라 웃음부터 나왔다. '이 사람이 드디어 결혼하는구나.'라는 기쁨과 놀라움이 모든 것을 잊게 했다고 할까.

　그에게 냉큼 우리 집 앞까지와 지난날의 과오에 대해 용서를 빌고 술까지 산다면 참석할 의향이 생길지도 모른다고 협

박성 문자를 보냈다. 평소 넉살 좋던 성격의 그답게 빠른 날을 잡아 내가 사는 동네까지 찾아왔다. 집 근처 맛집을 찾아 근황과 좋았던 시절의 이야기를 안주 삼으니, 오랜만이라는 말이 무색할 만큼 우린 금방 예전으로 돌아갈 수 있었다. 내 결혼식 불참의 사유조차 궁색했던 그였지만 이 또한 그다웠기에 마냥 귀여워 보였다는 건 취기의 마법인지, 추억의 힘인지는 잘 모르겠다.

홍이 좀 오르자 그가 뜻밖의 말을 꺼냈다. 안 어울리게 정중한 태도로 자신의 결혼식 사회를 봐 달라는 부탁. 여담이지만 지인들의 결혼식 사회를 족히 스무 번은 본 듯하여 그 부탁이 어려운 일은 아니나 이렇게 갑자기 부탁할 정도의 상황인지 의아했다. 내막을 들어보니 그는 몇 년 전 홀어머니의 소천으로 결혼식 자체에 대한 미련을 끊었었다고 말했다. 결혼의 사유가 나오는 달랐지만, 그 또한 이해돼 깊은 속내를 물어볼 수 있었다.

예비 신부와는 몇 번의 만남과 헤어짐이 있었는데, 다시 시작해 보려 하자 이미 혼기가 가득 차 결혼을 원하는 그녀는 그냥 다시 연애하는 일은 없을 것이라 엄포를 놓았단다. 분위기에 휩쓸려 빠르게 결혼을 준비하다 보니 주례는 없고 식장 및 기본적인 준비를 마쳤으나, 사회 볼 사람이 없다는 것이 오늘 이야기의 골자였다. 친구 중에는 적임자는 없었냐 묻자 너무 늙어 버렸거나 가정불화로 여유가 안 되는 친구들뿐이라 했다. 그러면서 행복하게 사는 건 너밖에 없다며 너스레를 떨었다. 이런, 그간 피터 팬이 어디에 있나 찾았더니 내 눈앞에 있었다.

그의 질문의 많은 부분은 결혼생활이 어떤지 묻는 일에 할애됐다. 그 막연한 두려움을 이해하기에 세심하게 질문에 대답했다. 사십 대 중반의 노총각은 여러 가지로 힘들다며 죽는 소리로 당면한 어려움을 토로했지만, 옅은 기대감도 보였기에 결혼의 좋은 점을 부각해 걱정을 덜어주려 노력했다. 자리를 파하면서도 이 망나니 체육 교사가 어떻게 살지 걱정했다. 그러나 그 마음이 무색하게 돌아가는 길을 비춰 주던 가로등 불빛은 버진 로드처럼 그의 앞날을 축하해 주고 있었다.

미리 식순을 파일로 넘겨받아 멘트를 고쳐 썼다. 그가 돋보일 수 있도록 최대한 나의 언어를 눌러 담았으니 준비는 잘 마친 셈. 예식 당일 집에서 꽤 먼 거리인 수원까지 일찍 도착하기 위해 우리 집 아침의 소란함을 뒤로하고 차를 운전했다. 도착 후 오랜만에 보는 선생님들께 일일이 인사를 드리고 식장에서 사회 준비를 하는데, 초조함으로 상기된 신랑의 얼굴이 보였다. 그래, 나도 결혼 당일엔 그러다 몸살이 났다고 말해 주니 긴장된 그의 얼굴에 잔물결 같은 웃음이 번졌다.

식은 웃음도 박수도 넘쳐났다. 둘의 만남을 주선한 은인의 축사부터 지인의 축가까지 모두가 한마음으로 늦깎이 부부에게 아낌없는 축하를 보냈다. 다만 신랑 신부가 양가 부모님께 인사를 드리는 차례에서 신랑의 눈물이 서러워 보여, 그 마음을 짐작하는 하객들의 눈물이 내 눈에도 보였다. 어머니와 아버지의 자리를 그의 가족들이 채웠지만 사실 그 자리는 채워질 수 없는 자리였다. 식장은 그렇게 웃음과 박수와 눈물로 넘실거렸다.

일상으로의 초대전

식을 마치고 연회장으로 인사를 온 부부에게 다시 한번 축하를 건넸다. 갈 길이 멀어 자리에서 일찍 일어났다. 밖을 나오니 오전 내내 폭우가 쏟아질 것 같던 하늘이 가는 길에 해를 띄워 세상을 뜨겁게 달구고 있었다.

그의 결혼생활도 그렇지 않을까. 어쩌다 비 오는 날도 있겠지만, 이 뜨거운 햇살처럼 그리고 밤보다 낮이 긴 하지(夏至)처럼 그들은 음으로 양으로 서로 기대며 살아갈 것이다.

행사문의 환영.

일상으로의 초대전

29. 사랑은 창밖에 빗물 같아요

모기 한 마리가 화장실 벽에 붙어 있다. 11월도 다 지나간 초겨울에 세상으로 나온 녀석은 가만히 벽에 붙어 주변 상황을 살피고 있었다. 뭔가 어리둥절해 보이는 모습이 우스워 그냥 내버려두었지만, 자꾸 눈길이 간다.

밖엔 차가운 비가 내리니 따뜻한 학교 화장실로 몸을 숨긴 것일 텐데 곧 수업 시간이 끝나 마주칠 아이들이 이 녀석을 살려 둘지 의문이다. 한여름이었다면 수많은 동료가 곁에 있었을 것이다. 활개를 쳐야 할 시기를 놓쳐 홀로인 이 녀석은 아무래도 흡혈이건 번식이건 그 어떤 것도 이루지 못할 것 같다. 쯧.

"모든 일엔 다 때가 있는 법인데 너는 너무 늦은 것 같다, 이 녀석아."라며 작별 인사를 마치곤 밖으로 나왔다. 어둑한 창밖으로 떨어지는 비를 보니 바쁜 와중에도 헛헛한 감정이 밀려들 틈은 있었다. 커피 의존도가 높은 나는 몇 잔째인지 기억도 안 나는 커피를 마시며 운동장에 시선을 둔 채 비 냄새를 맡았다.

───

연말만 되면 어딘가 허전한 마음이 든다. 겨울의 찬바람이 체온보다 감정의 온도를 낮출 때 이런 마음이 생기나 보다. 며칠 전 적적하다며 집 앞까지 찾아온 친구가 있었다. 술자리의 주제로 과거와 현재의 인연에 대한 소회를 풀어내던 그는, 스스로 다독이는 법을 찾아가는 중이었다. 내 삶의 모양이 우연에 우연이 더해져 그와는 좀 달라졌을 뿐, 시작은 비슷했기에 그 마음을 쉬이 짐작할 수 있었다.

내 과거를 낱낱이 아는 그는 실없는 농담으로 과거의 인연들을 소환했다. 늘 이어지는 레퍼토리로 내 연애 편력을 놀리는 그였지만, 마지막은 현재의 내 삶이 보기 좋다는 말을 끝으로 다음 화제로 넘어갔다. 과거와 현재를 굵직하게 훑었으니 미래의 희망까지는 이야기해야 술자리는 끝이 난다.

가끔 주변 독신들의 푸념을 듣곤 한다. 몇몇은 때를 놓쳤다고 생각하며 오지 않은 미래를 염려했다. 그리고 과거의 기억에 빠져 현재를 잃어버리곤 했다.

언젠가 누군가의 사랑 이야기를 읽고는 나도 그처럼 아름다운 사랑 이야기를 써 보고 싶다 생각했다. 허나 스스로 알고 있듯 내 이야기는 쓰이지 않을 것이다. 사랑마저 이기적이던 사람이 무슨 할 말이 많겠는가.

늦은 사춘기부터 예감했던 인생의 연체(延滯)는 뭐든지 늦었던 대가로 선택의 구간 구간에서 값비싼 연체료를 지불하게 만들었다. 가끔 이런 날씨에나 의존하는 자책조차 이기적 행동일 테니 나는 그저 현재를 살아야만 한다.

유리창을 어지럽히는 빗물이 잭슨 폴락의 페인팅 같다. 그런데 나는 왜 추상에서 구체적 대상을 찾고 있는지 모르겠다. 표현한 사람도 그것을 바라보는 사람도 설명할 수 없는 것들이 있다. 누군가 사랑을 말할 때 사랑도 이렇게 창밖의 빗물 같다고 하면 될 일을, 할 말이 없다면서 굳이 이리도 티를 내며 쭈글대는 이유는 뭔가.

물방울.

30. 국밥으로 대동단결

학년의 마무리로 교직원 모두가 모여 점심을 먹기로 했다. 근처에 나름 유명하고 큰 국밥집이 있어 장소를 잡아야 하는 누군가는 쉽게 정할 수 있었을 것이다. 맛은 보장이 된 곳이나 한 가지 아쉬운 점은 좌식 테이블에 앉아야 한다는 것. 아니나 다를까 삼삼오오 모여서 자리에 앉는데 소리를 내지 않고 앉는 사람이 드물다. 으차, 어휴, 아이고, 으흐, 다양한 신음성을 내며 앉는 선배들을 보니 입 밖으로 내려던 소리가 문득 부끄러워진다.

이십 년 가깝게 운동하며 멀리하던 국물음식이 이제는 찾아다니며 먹는 음식이 됐다. 관심을 가져 보니 콩나물국밥,

황태해장국, 순댓국, 갈비탕, 설렁탕, 감자탕 맛집이 지천으로 있었다. 재밌는 점은 국밥집마다 자기 국밥의 효능을 자랑한다는 것이다. 쓰여 있는 내용이 사실이라면 나는 이제 만수무강할 일만 남았다.

　향긋한 봄동 무침과 아삭한 깍두기에 흰밥을 반 공기 이상 비우고 남은 밥은 국밥에 말아 먹으니 목덜미가 조금 축축해진다. 부른 배를 가벼운 이야기로 누른 후 믹스커피 한잔을 마시며 자리가 파하길 기다린다. 무언의 신호가 있는 걸까. 다수의 몸이 뒤로 기울고 마지막 사람의 손이 상 아래로 내려오자 연장자순으로 일어나며 인사를 건넨다. 으차, 어휴, 아이고, 으흐 다양한 신음성을 내며 말이다.

진시황이 한국의 국밥을 알았더라면.

일상으로의 초대전

31. 아이들의 졸업식

졸업 시즌이다. 길거리엔 조금 얼떨떨한 표정의 학생들이 손에 꽃다발을 쥔 채 가족들과 길을 걷는 모습이 보인다. 내가 사는 동네는 아직 중식집에서 졸업 축하를 하는 것이 유효한데, 이른 점심부터 중식당을 가득 채운 그들의 모습에 묘한 안도감이 느껴진다. 졸업식 날 다른 것을 먹는다고 상상하면 아직은 뭔가 어색하다.

우리 학교의 아이들도 이번 주에 졸업하는데 이 녀석들의 표정엔 그 어떤 아쉬움도 느껴지질 않는다. 교실에 앉아 무료함과 싸우는 녀석들이 안쓰러워 못다 한 근황 토크를 시도해 보지만, 20분도 채 버티지 못하고 아이들을 휴대전화 게임에 뺏긴 나는 자리에 앉아 출력한 생활기록부의 오탈자나 찾아보았다.

떠들지도 않고 엎드려 자거나 이어폰을 끼고 손안의 작은 화면에 시선을 고정하는 녀석들이 사춘기 애들이란 걸 상기시켰다. 그래도 이 야생성만 남아 있는 수컷들이 팬데믹을 잘 버텨 주고 졸업한다는 생각에 뻔한 잔소리는 입안에 가둬두었다.

작년 3학년 담임이었던 나는 코로나19로 인해 아이들의 졸업식을 좁은 교실에서 줌(zoom)으로 보는 비극을 겪었다. 커다란 강당에서 자신의 이름이 호명되며 졸업장이 수여되는 장면을 추억으로 남겨 줬다면 좋았을 것이다. 하지만 허락되지 않는 상황을 나를 포함한 모두가 받아들일 수밖에 없었다. 예고된 작별에 말을 아꼈던 나는 집으로 돌아와 아이들과 찍은 단체 졸업 사진을 카톡 프로필 사진으로 변경한 후

일상으로의 초대전

한동안 바꾸지 않았다.

올해엔 몇 년 만에 강당에서 졸업식을 거행한다. 졸업이란 행사가 별거 아닌 것 같지만 없던 마음도 형식이 갖춰지면 생겨난다고 믿는다. 3년이란 시간을 마무리할 징글징글한 녀석들을 축하해 주기 위해 난 옷장 속 정장 바지를 꺼내 다림질을 해 본다.

날자, 날아 보자.

일상으로의 초대전

Section 3.

육아라는 리얼리즘

32. 기도하는 손

아이의 조그만 손을 보니 잡고 싶어진다. 꼬물대는 손을 잡으니 그 어딘가에 기도하고 싶어졌다. 너를 위한 어떤 기도가 좋을까. 맞아, 너는 너를 필요로 하는 사람에게 먼저 손을 내밀 줄 아는 마음 너른 사람이 되었으면 좋겠다. 부디 그런 사람이 되길.

그 오동통한 손으로

33. Let's dance

제자리에서 빙글빙글 돌다가 어깨와 함께 손발을 덩실대며 춤을 춘다. 아이의 웃음소리는 집안으로 가득 퍼져 아빠의 시름을 집 밖으로 밀어낸다. 언제 걸음을 걷나 걱정했던 게 엊그제 같은데, 이제는 한시도 몸을 가만히 두질 않는다. 보행기에 탄 둘째도 뭐가 그리 좋은지 같이 까르륵. 우리는 이 순간 투명하게 행복하다. 그래, 같이 춤출까?

마티스의 춤은 혼자선 불가능하다.

일상으로의 초대전

34. 육아, 그 고단함에 대하여

한 송이의 장미는 아니었을지라도 늘 발랄한 과즙미가 넘쳐 자두 같던 내 와이프. 출산 후 어린 남매에게 시달리다 보니 어느새 과즙은 빠지고 건자두가 되어 내 마음을 짠하게 한다. 아침부터 어린이집에 안 가겠다, 악을 쓰며 도망 다니는 첫째에게 지친 와이프를 바라보다 문득 모딜리아니의 그림이 떠올랐다. 그의 그림 속 여인들의 우수가 실은 육아의 고단함을 표현했던 건 아니었을까.

건자두라니.

일상으로의 초대전

35. Hey Jude

난 예민한 사람이다. 오해는 말자. 흔히 사람들은 무례함, 사회성 부족 또는 결벽증을 예민함으로 혼동하는 경우가 많다.

예민한 사람이란 주변인의 감정과 속내를 금방 알아차릴 수 있는 사람이다. 이는 침묵의 의미를 알며 머무는 공간의 공기로 심기의 변화, 뒷모습의 표정, 카톡 문자 밖의 얼굴을 볼 수 있다는 뜻이기도 하다.

이 감각은 어디에서 왔을까. 유전적 요인은 차치하고 환경적인 요인을 말하고 싶다. 나는 눈치를 보며 자랐다. 부모의 오래된 불화는 자녀를 눈치 빠른 아이로, 희망보다는 불안을 먹고 자라게 했다. 나는 지금보다 훨씬 형편없는 인간이 될 수도 있었다.

티 없이 맑고 사고뭉치인 아들을 본다. 그리고 어린 시절의 나를 보게 된다. 내 깊은 곳에 웅크린 채로 숨어있는 어린 나를 제대로 보듬은 적 없었기에, 아이에게 하는 말이 곧 나에게 하는 말로 들릴 때가 있다. 나는 내가 이런 말을 듣고 자라길 바랐을까.

사랑해 주면 웃는다. 혼을 내면 운다. 사랑해 주면 웃는다. 혼을 내면 운다. 흔들리지 않는 원칙과 무한한 애정을 아이에게 담아주려 노력하지만 쉽지 않다. 하지만 아이는 무엇이든 오래 담아 두지 않는다. 흐르는 물처럼 깨끗하고 더러운 것의 구별 없이 모든 것을 흘려보낸다. 그렇기에 우리는 매일 아침 새롭게 시작한다. 겨울 끝자락의 하루가 참 길고도 짧다.

아들에게 어제 했던 얘기 오늘 또 하면서 혼냈다는 말을
어렵게도 써 놨다….

애비의 로드.

일상으로의 초대전

36. 무엇에 쓰는 물건인고

아기가 세상과 소통하는 첫 번째 통로는 입이다. 탯줄에서 분리되며 쏟아지는 생경하고도 불안 같은 호흡에 아기는 울음을 토해 내지만, 이는 엄마의 젖을 빨며 곧 안심으로 치환된다. 채 여물지 못한 자그마한 위장에 엄마의 젖을 채우며 자신의 세상이 행복으로 충만해지는 시기. 이때를 구강기라 한다는 것을 알고 있었지만, 나는 애를 키우기 전까진 그 의미를 명확하게 이해하지 못했다.

짱뚱어처럼 온 집안을 갯벌 삼아 퍼덕퍼덕 기어다니는 둘째 녀석이 행여나 다칠세라 서둘러 붙잡아 보면 항상 무언가를 빨고 있다. 느긋해 보이는 외모와는 다르게 빠른 손에 관찰력까지 갖춘 요 녀석은 목표를 설정하면 놓치지 않고 입에 넣고 본다. 아직 코로나의 공포가 사라지지 않았거늘, 영문을 모르는 커다란 검은 눈동자는 자신을 말리는 아빠에게 원망의 눈길을 보낸다.

아이처럼 입으로 감각하는 세상은 어떨까. 모든 것을 직관으로 결정하고 경험에 의지해 빠르게 판단하던 나는 이제 뭐가 맞고 틀린 건지 알 수 없는 시기를 맞았다. 심지어 내 입맛조차도 이젠 잘 모르겠으니 어디에서 뭘 안다고 떠들기도 민망할 따름이다.

빨간 딸랑이는 빨간 맛이 아닐 것이다. 초록색 나무 블록은 초록 맛은 아닐 것이다. 먹어봐야 안다. 아기는 단단함과 물렁함, 차가움과 따뜻함을 손으로만 확인하지 않고 입으로도 느낀다. 첫돌이 아직 오지 않은 우리 둘째는 보이는 것은 전부 손으로 잡고 입에 넣어 판단한다. 짜고, 달고, 쓰고, 시겠지만 쉬지 않고 욕망한다. 눈에 보이는 모든 것이 처음일 테니 편견이 있을 리 없다.

일상으로의 초대전

감각기관 그 어딘가로 쏟아지는 새로운 자극을 느껴 보고 싶다. 그런 마음으로 요즘 글을 자주 쓰는 것 같다. 사십춘기를 어디서 말도 못 하고 나 홀로 끙끙대며 앓고 있으니 웃기는 일이다. 아기를 무릎에 앉히고 나무 블록을 물끄러미 바라본다. 모서리가 잘 다듬어지고 적당한 무게에 탐스러운 색상까지 더해진 나무 블록.

'그래 나도 먹어보자. 나도 다시 한번 새롭게 느껴 보자.'라며 블록을 입에 대는 순간 와이프의 손바닥이 등짝에 쫙~!

"미쳤나 봐~!! 아기 것을 왜 입에 넣어~?!?!"

"……."

이건 또 무엇에 쓰는 물건인고?

일상으로의 초대전

37. 우리 큰아이 피부에는
간지럼 괴물이 산다

첫째의 목욕을 전담한 지 어느덧 삼 년이 되었다. 작은 욕
조 두 개를 번갈아 가며 씨름하던 게 엊그제 같은데, 이제는
다양한 놀이로 아이의 비위도 잘 맞추는 프로 세신사가 되었
다. 하지만 어느 아이가 그리 쉽게 부모의 진심을 알아준다
던가. 이 녀석은 익숙함을 비웃듯 늘 새로운 까탈을 부려 긴
장감을 조성한다.(대성통곡은 기본이며 아직 득음을 못 한
아버지보다 먼저 삼단 고성을 완성했다.)

최근 몇 주간 요 작고 귀여운 악당이 갑자기 세수와 로션
바르는 것을 싫어하여 내 귀와 마음을 소란하게 하였다. 하
지만 궁하면 통한다고 했던가. 불현듯 아이가 좋아하는 노래

에서 영감을 받아 눈높이에 맞는 비유를 만들어 보았다.

　오늘도 세수가 싫다고 고개를 돌리는 녀석에게 기회를 포착한 나는 자못 진지한 표정을 지었다. **"민결아~ 가끔 머리나 피부가 간지러운 건 간지럼 괴물이 네 머리와 피부에 살아서 그런 거야."**라는 나의 말에 녀석의 큰 두 눈이 더 크게 떠진다. 여기서 웃기다고 나부터 무너지면 안 되기에 작업에 박차를 가해 본다.

　"그런데 간지럼 괴물은 하얀색을 싫어해~ 그래서 아빠가 비눗물로 닦아 주는 거야."라는 헛수작에 녀석은 긴장된 표정으로 순순히 얼굴을 내준다. 속으론 '넌 아직 아빠에겐 멀었어.'라며 승자의 뻐김을 부리고 싶었지만, 한 단계가 더 남아 있다. 머리를 말려 주고 수건을 두르고 나가자 와이프가 밖에서 기다리고 있다. 드디어 절정이 코앞이다.

　"엄마에게 물어볼까? 간지럼 괴물이 세수하고 나서도 얼마나 널 간지럽히는지? 그러니까 아까 말했던 하얀색 로션

　　　　　　　일상으로의 초대전

을 바르는 거야."라는 과장된 대사에 와이프는 상황을 눈치 챈 듯 내 레퍼토리를 그대로 따라가 준다. 녀석은 전과는 다르게 눈을 감고 쉽게 얼굴을 내민다. 나이스.

제발 봄까지는 간지럼 괴물이 먹혀 주길.

일상으로의 초대전

38. 어떻게 사랑이 변하니

세 돌이 코앞인 첫째의 언어 발달에 놀라는 요즘이다. 또래보다 서너 달 말이 늦어 걱정했는데, 기우였는지 놀랄 정도로 표현이 늘었다. 하지만 요 작은 녀석은 자신의 자유로운 단어 사용이나 표현을 못 알아들으면 갑자기 소심해지므로 항시 귀를 열어 두고 대비해야 한다.

안 되는 발음도 떠듬떠듬 노력하는 아이와 함께 말을 따라 해 주며 자신감을 불어넣어 준다. 너는 잘하고 있다, 익숙하지 않을 뿐이지 곧 잘할 것이라는 아빠의 응원에 녀석은 늘 눈부신 웃음을 터뜨린다. 이럴 때 나는 형용할 수 없는 큰 사랑을 느끼지만, 주변에 티를 내도 뒤늦게 수선을 떠는 꼴이니 이를 본 육아 선배들은 그저 웃는다.

　가족 모두의 사랑을 독차지하던 첫째는 이젠 그 사랑을 3분의 1로 나눠 받고 있다. 아니 실제로 녀석이 느낄 체감은 그 이하일 것이다. 코로나19 유행 초기에 태어난 첫째는 온 가족의 사랑을 독점했으나 시간이 지나자, 처남도 아이가 생기고 우리 집에도 둘째가 찾아왔다.

　종종 집으로 찾아오시는 장인 장모님은 당연하게도 이러한 디테일을 의식하지 못하고 현관 입구부터 둘째를 찾으며 서로가 안아 보려 하신다. 할머니 할아버지가 온다는 소식에 문 앞까지 뛰어간 첫째를 알아차리진 못하시고 말이다.

　나는 그런 첫째가 늘 신경 쓰인다. 요즘 딸 바보가 유행이라지만 아들과 딸을 가진 나는 그냥 바보일 뿐 성별에 대한 감흥이 없다. 그게 뭐 그리 대수란 말인가. 다양한 방식으로 첫째가 소외감(또는 질투)을 느끼지 않게 노력하지만 아이 마음속 빠른 장면 전환을 못 따라갈 때가 많다. 하루에 꼭 한

두 번은 아빠가 세상에서 제일 좋다고 하다가 제일 싫다고도 하며 사람을 들었다 놓는 걸 보니 아빠의 평균 애정값은 그냥저냥인가 보다.

출근 전 샤워를 마친 문 앞에 아이 둘이 앉아 밥 먹을 준비를 하는 것을 보았다. 가까이 있는 둘째가 작은 몸으로 넘어지지도 않고 아기 식탁에 앉아있는 모습이 귀여워 뺨을 한 번 쓰다듬어 주었더니 안 쳐다보는 것 같던 첫째가 작은 목소리로 내게 말했다.

"아빠, 민결이(첫째)도 귀여워해 줘…."

내가 근래에 이렇게 가슴이 철렁했던 적이 있었던가. 평소보다 또렷한 아이 발음이 내 어딘가를 찌른 것인지 순간 눈시울이 붉어졌다. 애써 태연하게 아니라고 아빠는 널 세상에서 제일 사랑한다고 말해 주며 오래 안아 주고 달래 줬다. 언제 풀이 죽었냐는 듯 이내 활짝 웃으며 품에서 얼굴을 비비는 아이였지만, 그 모습을 뇌리에서 떨치는 데는 하루가 넘는 시간이 필요했다.

어쩌면 우리는 서로를 오해하고 착각하며 살아가는지도 모르겠다. 평생 서로의 모든 것을 보듬어 줄 것처럼, 이해할 수 있을 것처럼, 그리고 평생 곁에 있을 것처럼 말이다. 나는 아이들에게 조건 없는 사랑을 약속하며 살고 있지만, 그것이 그들에게 온전하게 와닿을 리 없다. 언어는 한계가 있으며 표현은 오해받기 쉽고 기억은 왜곡되기 때문이다.

내가 아버지를 향해 쏘았던 원망의 화살들은 아직 회수되지 못했기에 시위를 무수히 당긴 내 몸의 고통만 기억에 남아 있다. 나의 두려움은 깨질 것같이 투명한 것을 보았을 때 더 적나라하게 느껴진다. 지금 나는 두려움을 겪고 있다. 너무 사랑하면 늘 그랬다.

믿어야만 하는 일.

39. 돌고 돌아서

한 생물학자가 흥미로운 말을 한다. 낯선 환경에 놓인 동물들의 적응 여부는 쉽게 확인할 수 있는데, 그 판단은 자손 증식에 성공했는지가 중요한 기준이 된다고 한다.

뉴스 포털에 들어가 보니 결혼 연령대가 많이 올라갔다는 기사가 보인다. 사십 대가 넘은 사람들의 초혼 비중이 매우 높아졌다는 기사는 통계를 들어가며 원인을 분석했다. 하고 싶은 말은 많지만, 통계의 평균 연령만 올렸던 나는 조용히 읽을 수밖에 없었다.

기사에서 엉뚱하게도 원인 중 하나로 지목한 비혼주의자의 증가라는 말에 피로감이 들었다. 핵심을 찌르지 못하는 진단과 땜질 같은 정책에 지친 한숨들이 댓글을 통해 읽혔다. 다들 대체로 비슷한 감정을 느끼는 것 같다. 굳이 내 이야기까지 보태기는 민망하나 나 역시 비혼주의자들 중 하나였다. 그것도 아주 확고한 비혼주의자.

총각 시절엔 소개나 다른 명목으로 만남을 권유하는 주변인들에게 누군가를 책임질 자신이 없다는 짧은 말로 두터운 거절의 담을 쌓았었다. 사실 불행한 가정의 모습을 보며 자란 나에게 결혼은 공포였고, 당위성엔 늘 물음표가 붙었다.

세상에 계획대로 되는 것이 몇 개나 되던가. 나이가 마흔에 가까워질 무렵, 인생에 큰 변곡점이 생겨 휘청거릴 때 곁을 지켜 준 착한 여자와 결혼하게 되었다. 보금자리를 구하고 몇 년이 지나자 자연스레 아이들도 생기게 되었다. 결혼과 집 마련, 출산 그 어느 하나 안 하겠다며 여러 차례 단언하던 내가 세 번이나 결심을 뒤집었으니 아는 형이 농담으로

베드로라 부를 만했다.

  몇 번인가 계절이 바뀌고 낮과 밤의 소란스러움이 자연스러운 일상이 될 무렵, 둘째가 돌을 맞이했다. 여러 가지 이유로 첫째처럼 집에서 조촐히 잔치를 치러 볼지 고민했으나, 그간 코로나로 인해 남매를 보지 못하신 친척분들이 맘에 걸려 소규모 파티 홀을 예약했다. 쉬어야 할 주말에도 와 주셔서 반가워하시고 좋아해 주시는 양가 친인척분들의 모습을 보니 지난 내 고민의 무례함을 깨닫게 되었다. 나이만 먹었지, 이런 일엔 개념이 서지 않는 나를 발견하는 일도 이젠 낯설지 않다.

  가끔 현실감이 떨어질 때가 있지만, 우리 부부가 키운 아이는 둘이나 되며 둘째는 어느새 돌을 맞이했다. 내가 새롭게 태어났는지는 모르겠으나, 변화된 나의 삶에 적응하고 순응하며 살아가고 있다는 사실에 그 누구에게라도 감사의 말을 전하고 싶었다. 식의 끝에 소감을 묻는 사회자에게 마이크를 건네받아 감격으로 일렁이는 마음을 짧은 문장에 눌러

일상으로의 초대전

담았다.

"저에게도 이런 날이 오네요⋯. 바쁘신데 와 주셔서 감사드리며, 아이들 잘 키우겠습니다. 감사합니다."

너무나 기쁜 마음을 담아.

일상으로의 초대전

40. 피터 팬이 하늘을 나는 방법

꼭두각시 인형 피노키오 나는 네가 좋구나
파란 머리 천사 만날 때면 나도 데려가 주렴

(후략)

우리 아이는 목욕하며 동요 듣는 것을 좋아한다. 어설픈
발음으로 떠듬떠듬 따라 하는 것이 너무도 귀여워 같이 따
라 부르며 아이의 노래가 오래 이어지도록 유도한다. 유튜브
에는 뽀로로 노래부터 다양한 옛 동요까지 쉼 없이 재생되는
채널이 많다. 아는 동요가 몇 개 안 되는 나에겐 큰 도움이
된다.

즐겁게 아이와 화음을 맞춰가며 노래를 부르다가도 울컥하게 되는 순간이 있다. 지금이 너무 소중해서 그런 걸까. 아니 그것보다는 아이의 목소리로 들려오는 동요가 동심(童心)을 잃어버린 아빠의 마음을 동심(動心)했기 때문일 것이다.

원작자를 알지 못하는 피노키오라는 유명한 동요가 있다. 가사를 가만히 들어 보면 아이로 분한 어른이 과거의 자신에게 미안한 마음을 담아 만든 위로의 노래처럼 들리기도 한다. 성인이 되어 아이를 바라보니 그 시절의 자신이 떠올라 만든 노래 같다고 하면 지나친 비약일까.

영화 〈후크〉에서 로빈 윌리엄스가 연기한 피터 팬은 성인이 된 후 나는 법을 잊는다. 팅커벨은 성인이 된 그를 찾아와 하늘을 나는 법을 가르쳐주려 애쓰지만, 현실을 사는 피터는 육중해진 자기 몸이 날 수 있다는 말을 믿지 못한다. 결국 강제로 네버랜드로 끌려가서야 아이들과 어울리며 동심을 되찾게 된다. 잊힌 기억과 함께.

실은, 나는 법을 잊은 피터가 다시 하늘을 날려면 두 가지의 조건이 필요했다. 그것은 바로 팅커벨의 마법 가루와 행복한 기억을 떠올리는 것.

마법의 거품이 머리 위에 가득한 우리 아이는 노래를 따라 부르며 세상 행복한 표정을 짓는다. 욕조의 물을 아빠에게 튀기며 온몸으로 웃는 아이는 이미 네버랜드의 두 가지 비행 조건을 갖췄는지도 모르겠다.

오늘 밤 내 아이가 오래오래 하늘을 나는 꿈을 꾸길 바란다. 그 덕에라도 푹 자고 싶은 부모의 마음은 그림자를 잡고 싶은 피터보다 간절하다.

fly me to the moon,

일상으로의 초대전

41. 아지매의 입단속

아이들을 어린이집에서 하원 시키고 돌아오는 길, 아파트 입구에 눈에 익은 한 분이 서 계신다. 궂은날에도 늘 전동냉장차로 동네의 구석구석을 누비며 핵인싸력을 발휘하시는 그분, 야쿠르트 아줌마.

우리 첫째의 심한 유제품 알러지로 인해 이분과는 그간 인연이 닿지 않았으나 건강한 둘째가 태어나면서 서서히 왕래가 생기게 되었다. 와이프에게 들어 보니 관계의 시작은 한두 번 우유를 사면서 조금씩 늘어난 한담부터였다고 한다. 인심 좋게 덤을 챙겨 주시는 야쿠르트 아줌마에게 와이프는 호감을 느꼈는지 아이들 이야기를 종종 했던 것 같다. 연륜

이 있으신 분들 특유의 마음 열기 토크 있지 않은가. 예컨대 '아기 엄마가 내 딸 같아서 그래~' 같은 방식들.

문득 팍팍한 인심에도 경계심 없이 이야길 나눌 수 있는 이미지를 수십 년간 쌓아 오신 그분들의 노고에 존경하는 마음도 생긴다. 사람 대하는 일이 얼마나 어려운 일인지는 굳이 말 안 해도 모두가 알고 있지 않은가. 잠시 상념에 빠진 사이 야쿠르트 아줌마를 발견한 첫째가 붙잡을 틈도 없이 후다닥 뛰어가선 그분께 아는 척을 한다. 수줍음이 많아서 모르는 사람을 보면 아빠 뒤로 숨는 아인데, 몇 번의 만남으로 귀여운 짓을 할 여유가 생긴 것 같다.

녀석은 냉장차를 기웃거리며 자신이 먹을 수 있는 주스를 찾았다. 그런데 딴에는 귀여운 소릴 한다는 것이 무언가 건드리면 안 될 역린을 건드렸나 보다.

"할미~ 나 먹을 쥬뜨 있어요~?"

"응? 아…. 아하하하…하. 민결아, 주스는 당연히 있지. 근데 나 아직 할머니 아닌데? 나 아줌마야, 아줌마. 야쿠르트 아줌마~ 해 봐."

외형상 장모님과 비슷한 연세의 분들을 할머니라고 부르는 게 익숙한 첫째는 이게 무슨 상황인지 이해를 못 하곤 눈만 끔뻑인다. 무엇이 문제인지 바로 눈치를 챈 나는 자세를 낮춰 아이와 눈을 마주하며 호칭을 알려 줬지만 이미 그 문제는 꼬맹이 머릿속엔 사라졌다. 귀를 닫고 비트 주스가 좋을지 당근 주스가 좋을지 양손에 들고 고민하는 아이를 대신해 죄송하다 사과를 드렸다. 하지만 여전히 어색한 미소로 혼잣말을 자꾸 하시는 것을 보니 충격이 크긴 크셨나 보다.

아줌마라는 말이 더 듣고 싶으셨겠다고 생각하다 나중에 아이가 더 크면 호칭의 수많은 가지를 어떻게 알려줘야 할지 고민이 됐다. 어린 시절의 나는 성명 호칭, 직함 호칭, 친족 호칭, 대명사 호칭, 아줌마, 아저씨 같은 통칭적 호칭을 그냥 듣는 대로 따라 말했던가.

남자들은 아저씨라는 말을 꽤 빨리 듣는다. 키가 커지고 어깨가 벌어지며 수염이 거뭇하게 자라면 '너 아저씨가 다 됐다.'라는 말로 성장에 대한 감탄을 표현하기 때문이다. 또한 이십 대에 군에 입대하게 되면 필연적으로 따라붙는 말이 있다. 군인 아저씨. 하지만 원빈 같은 아저씨는 아닌, 그냥 아저씨.

존칭 문화가 여러모로 불편한 사람들이 있을 것이다. 30대 초반 공부를 위해 잠시 외국에서 지낸 적이 있었다. 그곳에선 눈 파랗고 머리 노란 친구들이 스스럼없이 내 이름을 부르는 일이 그리 편하게 느껴졌다. 반면 내가 태어나고 자란 이곳은 호칭 하나만 잘못 붙여도 큰일이 나는 곳이다. 눈치챘을지 모르겠지만 나는 듣기 좋은 존칭인 야쿠르트 여사님을 야쿠르트 아줌마라고 적었다.

아줌마라는 말에는 분명 비하의 느낌이 있다. 우리의 존칭 문화는 직접적이기보다는 한 단계를 거쳐야만 예의가 생긴다. 순우리말을 쓰면 예의에 어긋난 것이다. 늙은이는 노인

일상으로의 초대전

으로, 계집은 여성으로, 아줌마는 여사님으로 칭해야 상대의 감정을 상하게 하지 않는다. 양반들만이 읽고 쓸 수 있던 한자는 저잣거리의 천민들이 쓰던 일상어와는 차이가 있어야만 했다.

이를 개선하기 위한 수많은 시도가 있었던 것으로 알고 있다. 문화는 위를 지향하므로 현시대의 로마 제국인 미국의 언어를 쓰는 것이 교양인의 언어가 되었다. 이를 따라 영어식 호칭 문화가 생겼었지만, 오래 통용되지 못한 것을 보니 넘기 힘든 관습의 힘이 새삼 무겁게 느껴진다.

집으로 향하는 길, 잠시 뒤를 돌아보니 허리를 두드리며 하루의 고단함을 달래는 여사님이 보인다. 순간 제멋대로 흘러가던 생각에 급제동이 걸린다. 맞아, 이분은 단지 할머니 소리가 듣고 싶지 않으셨던 것 아니었나? 그냥 아줌마라고 불러 달라는데 나 혼자 무슨 고민을 이리….

내겐 친숙한 이 복장도 몇 번의 변화가 생겼듯 호칭에도 변화가 생겼다.
야쿠르트 여사님의 공식적인 호칭은 프레시 매니저라고 한다.

일상으로의 초대전

42. 아이를 위한 동화

개구쟁이 민결이는 로봇카 폴리가 너무 좋았어요. 나쁜 사람들을 혼내주고 다친 사람들을 구해주는 폴리를 보고 금방 반했지요.

아빠가 사준 폴리 장난감에 너무 행복한 민결이는 손에서 폴리를 놓지 않았어요. 밥을 먹을 때도 잠을 잘 때도 폴리는 늘 함께했어요.

그러던 어느 날 민결이는 우연히 보게 된 헬로 카봇에 금세 마음을 빼앗겼어요. 폴리보다 크고 폴리보다 화려한 카봇은 너무나도 멋져 보였거든요.

아빠가 사준 카봇에 기뻤던 것도 잠시, 민결이는 카봇의 친구들을 원하게 되었어요. 카봇의 친구들은 제각각 특징도 다르고 그 수도 많았기에 꼭 필요했어요.

하나둘 카봇의 친구들이 늘어나자, 개구쟁이 민결이는 가장 최근 갖게 된 카봇들만 좋아하게 되었어요. 이전의 친구들은 가끔 지나가다 만지기만 할 뿐 더 이상 눈길을 주지 않았어요.

어느 날 민결이는 무엇을 가져도 예전같이 기쁘질 않다는 것을 느꼈어요. TV 속 세상에는 수많은 영웅 친구가 있었기에 민결이에게 늘 새로운 것을 원하게 했거든요.

모든 게 시큰둥해진 민결이는 첫 친구였던 폴리와 즐겁게 놀던 생각이나 장난감 장으로 갔어요. 개구쟁이 민결이에게는 폴리처럼 마음을 준 장난감이 없었기 때문이에요.

다시 찾은 장난감 장에서 민결이는 다리가 부러진 채 구석

일상으로의 초대전

에 놓여 있던 폴리를 발견했어요. 예전처럼 즐겁게 놀고 싶었지만, 다리가 부러진 폴리는 더는 민결이와 놀아 줄 수 없었어요. 그날 밤 개구쟁이 민결이는 오랫동안 슬퍼하며 울었답니다.

아빠가 아들에게.

일상으로의 초대전

43. 영원히 살 수 있다면

세상을 떠난 프레디 머큐리가 아이유의 노래를 부른다. 고인이 된 김광석도 김범수의 '보고 싶다'를 부르고 환갑을 넘긴 임재범이 뉴진스의 '하입보이'를 부르기도 한다. 이 모든 것은 AI 기술의 발달로 가능해진 일이다. 이들은 그 노래를 부르지 않았지만, AI가 이를 가능케 했다. 팬이라면 전율을 느낄지도 모르겠다. 특히나 프레디 머큐리의 음색을 좋아하는 사람이라면 내한 공연 중 한국 팬들을 위해 케이팝 곡을 부르는 그의 모습을 그려 볼 수도 있다.

자기 전 가끔 유튜브를 본다. 알고리즘의 영향인지 매번 비슷한 주제와 인물들의 등장이 지겨워 한참 화면을 내리다가도 그냥 지나칠 수 없는 영상이 있다. MBC의 VR 휴먼 다큐멘터리 '너를 만났다'.

우연히 짧게 요약된 영상을 본 이후로 얼마나 많이 재생했는지 모르겠다. 하지만 확실히 알 수 있는 것은 볼 때마다 눈물이 터진다는 것이다. 그 긴 여운을 못 이겨 다음날 식탁의 화젯거리로 올려 보지만, 와이프는 지겨운지 이젠 그만 좀 보라고 한다.

사랑하는 가족을 잃은 사람들에게 VR 프로그램을 통해 그들을 다시 만나게 해준다는 방송의 취지는 가혹하면서도 눈물겹다. 특히 어린 딸을 잃은 엄마의 절절한 사연은 시청자에게 필터 없이 전해져 감정의 모양을 뭉개 버리고 흩트려 놓는다. 생각하길 누군가가 돌아가신 내 어머니를 이렇게나마 다시 만날 수 있다 설득해도 감히 시도나 해볼 수 있을지 모르겠다. 나는 도저히 다시 보내드릴 자신이 없기 때문이

일상으로의 초대전

다. 그럼에도 간절하게 보고 싶은 마음은 아직 나를 이 영상에 머물게 한다.

영상을 보는 동안 아이 엄마의 감정을 따라가 본다. 시작부터 눈물이 흐른다. 온몸이 긴장과 걱정 그리고 기대로 떨리는 엄마는 넓은 초원에서 아이를 애타게 찾는다. 눈앞에서 빛을 내는 덩어리를 따라가자 기다리던 아이가 나타난다. 격정에 목소리가 떨리는 엄마의 첫마디는 '보고 싶었어.'였다. **엄마는 네가 너무 보고 싶었어….**

지켜보는 이는 더 이상 멀쩡히 영상을 볼 수 없다. 그토록 보고 싶던 아이를 다시 만난 엄마는 안고 싶고 쓰다듬고 싶지만 느낄 수 없다. 허공에 손을 휘저으며 오열하는 엄마의 모습에 그 옛날 들었던 자식을 잃고 미친 사람처럼 동네를 돌아다닌다는 한 여인의 이야기가 생각난다. 어떻게 안 미칠 수 있을까. 사람을 망가뜨리는 방법은 너무도 간단하다. 한 사람의 일부가 되었다가 갑자기 떠나 버리는 것.

죽은 이를 세상에 불러내고 싶은 지극히 인간적인 소망은 수 세기에 걸친 역사가 있다. 소설이나 설화에도 종종 등장하는 주제지만, 현세대에 와서 가상과 현실이 구별되기 어려운 수준까지 오게 되었다. 무당이나 주술사를 부를 필요도 없다. 고인의 생전 모습을 기록한 영상, 음성과 글을 AI에 학습시킨 후 각 미디어에 맞춘 재생(再生)이 가능하다 하니 인간은 이미 전능의 길을 걷고 있는지도 모른다.

기술과 윤리의 충돌을 말하고자 하는 것은 아니다. 이미 AI가 글을 쓰고 가상의 캐릭터가 연기를 하며 과학을 통해 우주의 공허를 이해하는 지금, 옳고 그르다는 명제조차 판단하기 어렵다. 다만 일개 무명소졸인 나도 이 정도의 이야기는 할 수 있을 것 같다. 나라는 개인은 죽고 난 후 다시 세상에 나타나고 싶지 않다. 혹여라도 내 아내와 아이들 또는 누군가의 필요 때문에 다시 세상에 꺼내지는 것을 원치 않는다.

사람이기에 우린 스스로 감내해야만 하는 슬픔이 있다. 아프지만 그것이야말로 가장 인간다운 일이다. 잊고 지낼 뿐

일상으로의 초대전

모든 일엔 끝이 있기에 의미가 생기는 것 아니던가. 보내진 못하고 애써 붙잡고 있을 때의 고통은 놓아줘야만 해방될 수 있다. 그리고 그래야만 한다.

추적추적 차가운 비만 내리며 또 하루가 멀어져 간다. 애써 움켜쥐다 놓아 버리니 눈앞에서 사라지는 담배 연기처럼.

사랑하는 나의 아이.

44. Old and wise

아이들은 잔병치레가 많다. 우리 집의 경우 한 달 평균 4회 정도 소아과를 찾는 편이다. 둘째가 생긴 후부터는 더 많이 방문하게 되었다. 처음엔 괜찮은 소아과를 찾기 어려웠다. 큰 병원은 대기 지옥이었고 작은 동네 병원들은 문을 닫았다.

신혼집을 정할 때 고민이 있었다. 전세 난민으로 사는 것에 지쳐 집을 사려 마음을 먹었을 당시 전국엔 청약 열풍이 불고 있었다. 신혼부부 특공이 가능할 때였으나, 신축 아파트의 가격이 부담되어 오래된 동네의 구축 아파트를 구입했다. 공들여 리모델링까지 마치니 낡은 집도 제법 괜찮아졌다. 새 보금자리는 도심에서 그리 멀지 않고 조용하며 자연 친화적인 곳에 있다. 계절의 변화를 쉽게 느낄 수 있는 동네에 대한 애정은 점점 깊어져 갔다.

하지만 아이가 태어나자 불편한 점이 생겼다. 가까운 소아과를 찾기가 힘들었다. 처음엔 소아과 난민처럼 차를 몰고 이곳저곳 돌아다니며 꾸준히 다닐 수 있는 곳을 찾아보았으나 대다수가 영 신통치 않았다. 병원이 크고 깨끗하면 대기자가 넘쳐나고, 작은 곳들은 그 나름으로 마음에 들지 않는 부분들이 보였다.

그렇게 힘들게 소아과를 찾아다니면서도 간과한 부분이 있었다. 낡은 건물에 있거나 오래된 소아과는 아예 염두에 두지 않았다. 우리 부부는 웬만하면 깨끗한 건물에 자리한 소아과를 찾아다녔다. 왜였을까. 건물의 외양이 곧 그곳에 있을 의사의 실력과 결부되어 있다 믿었는지도 모르겠다.

집에서 조금 떨어진 곳에 재개발을 앞둔 저층 아파트 단지가 있다. 그 아파트 상가엔 의사분의 이름을 딴 소아과가 있었다. 당연히 상가도 아파트만큼이나 나이를 먹어 곳곳에 균열도 보이고 공실도 있어 허름하다. 종종 지나치며 소아과를 보았지만, 그 외관 때문에 신뢰가 가지 않아 방문 리스트에 올리지 않았다. 하지만 몇 번의 실패를 겪자 혹시나 하는 마음에 그곳을 찾게 되었다.

2층의 낡은 건물은 내 나이보다 많아 보였고 소아과 내부는 어린 시절 다녔던 병원의 모습과 다르지 않았다. 막상 들어가 보니 의외로 대기 인원이 많아 놀랐다. 그 흔한 대기 번호 전광판도 없어 차분히 기다리는 수밖에 없었다. 책장에서 여기저기 찢어진 낡은 동화책 중 하나를 골라 아이에게 읽어주다 보니 어느새 우리 차례가 되었다.

'민결아~'

처음이었다. 다른 병원에선 전광판에 아이의 이름이 호명

되면 진료실로 들어가곤 했다. 이곳은 의사가 아이의 이름을 불러 주면 들어가는 방식을 고수하고 있었다. 실내엔 어딘가 소설가가 연상되는 나이 든 의사분이 앉아 계셨다. 가벼운 인사 후 아이의 증상을 묻는 자상한 목소리에 시작부터 많은 것들이 치유되는 느낌이 있었다. 아이의 긴장을 풀어 주려 과하지 않은 방식으로 아이의 관심을 끌었고 오랜 시간을 할애하여 원인을 찾았다.

그곳의 처방은 유독 우리 아이에게 잘 맞았다. 시간만 잘 맞추면 그리 오래 기다리지 않아도 되었으며, 의사분은 늘 아이의 지난 내원 사유를 기억하며 근황을 물어보았다. 보다 좋은 곳을 알지 못하는 우리는 항상 그곳을 찾게 되었고 둘째 역시 같은 병원에 다니게 되었다.

의사가 환자의 마음까지 어루만져 줄 수 있다면 이미 훌륭한 명의라 생각한다. 환자를 수단으로 대하는 의사를 종종 마주했다. 이해 못 할 바는 아니나 환자로서 아쉬운 마음은 늘 있을 수밖에 없었다. 뉴스에선 소아과가 사라지고 있다는 소식이 나온다. 저출산과 저수가, 그리고 악성 민원이 전공의 부족이라는 악순환을 만들고 있다 말했다.

우리 아이들의 의사 선생님은 곧 허물어질 옛 건물과 함께 은퇴를 준비하고 있을지도 모르겠다. 여러 정황을 살펴보았을 때 의사 생활의 마지막을 준비하고 있는 것 같다. 벌써 아쉬운 마음에 병원 리뷰를 쓰고자 인터넷을 찾아보았으나 불필요했다. 이미 포털 플레이스 방문자 리뷰엔 그분을 칭찬하는 별점 리뷰가 가득했다.

애정 어린 댓글들을 통해 분명 길고도 의미 있었을 그의 의료 생활을 상상해 본다.

소아과 전문의 OOO는 OO동 아파트 단지의 시작과 함께 개업의가 되었다. 첫 개원 후 얼마 지나지 않아 전문성과 열정으로 지역 거주민들에게 인정받았다. 시간이 지나 병원의 자리가 잡힌 후 중년이 된 그의 진료는 잘 익은 술처럼 깊고 부드러워졌다. 이순(耳順)에 가까워질 무렵엔 다른 소아과

들은 신도시로 옮겨가거나 문을 닫았다. 하지만 그는 변함없이 자릴 지켰고 사람들은 멀리서도 찾아왔다. 어느덧 은퇴가 가까워졌지만 ○○○의 하루는 달라지지 않았다. 8시 55분에 출근하고 아이들 만날 준비를 한다. 9시가 되면 늘 그렇듯 한쪽 주머니엔 사탕을 넣고 자신을 기다리는 아이의 이름을 부른다.

故 로빈 윌리엄스를 그리며.

45. 그냥 보통의 날에

첫째가 두 돌이 될 때까지 유독 힘들었던 육아의 기억은 아내와 나의 단골 밥상머리 대화 소재다. 첫째는 분유를 전혀 먹지 못했으며, 한밤중 최소 네다섯 번은 악을 쓰며 울곤 해서 잠을 못 이뤘다. 이 고통스럽던 시기를 헤쳐 온 우리에게 육아란 남자들의 군대 이야기처럼 질리지 않는 이야깃거리다.

혈관도 안 잡히던 아이에게 여러 차례 피를 뽑은 후에야 심한 알러지가 그 원인이라는 것을 알게 되었다. 당연하게도 고난의 행군은 시작됐다. 그 지난했던 육아의 과정을 어떻게 추억해야 할까. 보통은 웃음으로 버무려 지금까지의 고단

일상으로의 초대전

함이 잊힐만한 일화들로 이야길 채우지만, 사실 그때는 나름 심각했었다.(우유, 계란 알러지를 기반으로 일반 아이의 백 배가 넘는 믿기 힘든 수치가 나왔는데 이는 천식으로 이어질 것이라 들었다.)

　계란과 우유가 안 들어간 음식을 찾는 일이 매우 어렵다는 것을 그때 처음 알았다. 증상 완화를 위해 아내는 모든 음식을 매일 손수 만들기 시작했다. 계란과 유제품이 만들어진 공장에서 나온 식재료도 먹는 것이 허용 안 되었다. 많은 부분을 채식 위주의 식단으로 바꿔야만 했다. 또한 어린이집을 다니게 되면서 아이들이 먹는 간식이나 티브이에서 보이는 아이스크림, 케이크 등 호기심을 자극하는 음식들을 대체할 음식을 만드는 일에는 창의성마저 필요했다. 그 노력을 모성애라는 말 말고는 설명하지 못하겠다.

　나의 출근 전 아침은 삶은 계란과 바나나로 해결하고, 저녁은 바쁜 아내를 위해 나의 유튜브 스승들에게 하사받은 간단한 요리로 해결하는 날들이 많아졌다. 보통 남편이 하는 요리들은 자극적이고 신기한 시도들이 많으나 아내는 싫지만은 않은 듯 즐겨 주었다.

얼마간 시간이 흐른 요즘의 저녁 풍경은 행복의 모습을 소재로 한 회화전의 연속인 것만 같다. 이 갤러리 안에선 첫째도 제법 밥을 잘 먹게 되었으며, 둘째 역시 일찍 이유식을 떼고 밥을 먹고 있다. 아니, 호랑이띠답게 맹수처럼 식사한다. 밥을 떠주면 크게 아 소리를 내며 얼굴을 들이미는데 내 손이 느리면 화를 내니 새끼 호랑이가 따로 없다.

아내의 청국장 섞은 된장찌개 냄새에 첫째는 '아이~ 냄새.'라며 코를 막고 뛰어다닌다. 둘째는 그런 오빠가 뭐가 좋은지 손을 흔들며 뒤뚱뒤뚱 따라다닌다. 식탁에 가만히 앉아 나를 둘러싼 셋을 바라보면 종종 현실감이 떨어진다는 느낌을 받는다. '고작 몇 년밖에 안 되는 짧은 시간 동안 내 주변이 참 많이 변했구나.'라는 상념은 아이들의 커다란 웃음소리에 화들짝 놀라듯 금세 행복으로 전환된다.

일상으로의 초대전

해는 지고 주황색 식탁 조명 아래 내 주변은 안온함으로 감싸진다. 분에 넘치는 행복을 느낀 난 가만히 혼자 웃는다. 그리고 그런 내 모습을 보는 아내의 반응은 늘 한결같다.

"왜 웃어~?"

"응, 좋아서."

사진 밖 그분께도 감사.

일상으로의 초대전